겨울밤 미스터리

예술가시선 33

겨울밤 미스터리

초판 1쇄 발행 2023년 6월 20일

지은이 심상숙

펴낸이 한영예
편집 박광진
펴낸곳 예술가
출판등록 제2014-000085호
주소 서울 송파구 문정로13길 15-17, 201호
전화 010-3268-3327
팩스 033-345-9936
전자우편 kuenstler1@naver.com
인쇄 아람문화

ISBN 979-11-87081-29-6 03810

예술가시선
33

겨울밤 미스터리

심상숙 시집

예술가

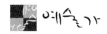

시인의 말

솔가지 다녀가자
여우 발자국 돋아났다

덤불 속 어린 여우
죽은 새 한 마리를 물고
사투를 벌인다
어미 여우가 살아 고물거리는
쥐 한 마리를 물어다 준다

들킨 줄 알면
새끼를 어디이고 물고 옮겨갈 것이다

2023년 푸르른 날에

목차

2부

3부

4부

해설

1부

매화나무에는 고리가 있다

햇살이 가지마다 고리를 걸쳐 온다

옷고름 매듯 잡아당겨야 얻는 자리가 나무에 있다
그 매듭 하나 맺으려
꽃눈은 매양 고리를 받아 내는 것이다

앞섶 여며 향기 하나 품으면 꽃받침도 단정해진다

고리를 건다는 건
한 끗 당길 것이 있다는 것
햇살을 걸어 매어야 꽃눈은 꽃봉 매듭으로 묶여 나
온다

눈바람이 앞산 자락 홀칠 때
고요하게 돋아 오르는 매화 꽃차례

가늘고 긴 끈을 던지고 던져
폭설이 매듭을 풀어 가는 나무의 고결

하늘가 호박단추 낮달에 마고자 고리를 걸면
움츠린 등도 절로 세워진다

어떤 매듭이든 실마리 하나 풀어 내면 전말이 보이
는 법,

어긋나서 뒤틀린 맨 처음의 매듭부터
술술 피어나는 것

봄도 매듭들의 분분한 조약이다

촛불 하나

어머니는 냄비에 저녁밥을 짓는다
조약돌을 씻어 안쳐서
아가야, 곧 따뜻한 밥을 먹게 될 거란다

아이들은
밥을 그리다 그리다
잠이 든다

컴컴한 방안에 촛불 하나

돌배나무가 건넨 목간木簡

돌배나무 잎사귀 사이
해마다 자전과 공전 중인 열매가 맺혀 있다
잎맥의 무늬들,
계절을 새겨온 목간木簡이다

壬辰年임진년, 稻도, 벼 한 섬, 大豆대두, 콩 두 말 석 되,
느티나무골 묻혔다가 발굴된 나무 조각이
이제야 이 오후에 드러난 거라고

사람이 나고 죽고, 나무들이 스러지고 돋는 동안
숨들이 묻히고 숨결이 트이는 동안
돌배나무는 수천 년 햇살의 요철로
한 자 한 자를 제 안에 들였을 것이다

달의 앞면만 볼 수밖에 없듯
돌배나무 열매도 무성한 잎 속에서
칠흑의 뒷면을 가졌으리라
우주인이 달의 앞면을 탐사할 때
사령선 타고 뒷면에 머물렀던 마이클 콜린스처럼
오직 신과 혼자인
열매의 궤도를 생각해 보는 것이다

지금도 지구는 사막으로 더 넓게
에둘러 부서지고 있는 중이다
가뭄, 테러, 바이러스로 짓물러진 이 한낮
돌배나무 간지簡紙 잘 다듬어
고택 후원 속살로 묻었다가
다시 발굴되길 기다려야 하는지

돋아난 잎사귀 그늘에서 나지막한 언덕이 넘실거리
고 있다
돌배나무가 제 과실을 떨구는 건
어록을 내게 내어 주는 일이다

그리하여 서로 염려하고 사랑했다, 라고
나는 지구의 시간 속
오늘의 간지干支로 묻혀 가고 있는 것이다

색을 붓다

버들가지 긴 머리, 함초롬히 땋은 연두에서 온다
바람의 흰 목덜미 사이로 꽃샘추위 파고드는 저녁
강변은 농담이 짙다

한강을 건너는 전철 불빛, 행성의 궤도가 우주롭다
쌍둥이빌딩 마포 사이 브라운운동 거룩한 빛의 담채,
우둘투둘 물결 보라에 하얀 발이 걸리는 소녀들, 이
제 갓 초경이나 치렀을, 머리에 쓴 매화 가지 아얌을
두 손 가지런히 매만졌던가

저녁에는 소녀들도 혁명가가 되는가

어둠을 올려 빗고 동틀 무렵이면 네루다를 손에 든
채 잠들었겠지
그레이, 책 한 권이 대지大地라고
그레이, 쌀 한 톨이 빛나는 눈동자라고
반지하 자취방이 수색당하는 도시의 가시광선

거리마다 펑펑 목련 나뒹구는

빨강, 보라, 노랑 머리로 호명 받은 소녀들
오늘 밤에도 버들버들 새잎이 피는 것은
캠퍼스 옹벽 개수 구멍으로 달빛 경이롭게 흘러들어서이다
분노를 채록해 주룩 들이붓는 머리칼 색깔들
이 거리의 기품이 끝내 수려한 까닭은
색색이 번민, 번민하기 때문

새로 태어나는 물고기 나뭇잎에 착색되는 지느러미
먼지바람,
기상 예보가 당분간
봄이다

가지런히 엮어 내린 연두,
이 아름다운 뉴스가 머리칼 길이에 맞는다
딱 맞아야 한다

그림자를 빗는 동안

벗어 놓은 신발 코에 새가 발자국 하나 새기는 동안
선을 막 그으려 하자 화지 너머가 눈을 뜨네 손끝은 어느 창문에서 망설이네 모델은 사라지고 지긋한 선 하나 천천히 그어져 오네 잔영이 피어오르는 저녁, 시선은 달아나면서 금세 머무네

모델과 그려야 할 선線을 한꺼번에 볼 수는 없나요 그림에서 눈을 떼고 모델을 바라다볼 땐, 선을 그려 넣어야 할, 화지 위의 펜이 보이지 않고 모델에서 눈을 떼고 화지 위의 펜을 내려다볼 땐, 모델이 보이지 않으니 말이에요

신발 코에 새가 부리를 쪼는 동안
램프 불빛 아래 여인은 사내에게 비스듬히 기대어 있네 반쯤 껴안은 사내의 머리가 위로 젖혀지고 여인의

가슴과 목덜미가 환히 드러나네 내일 아침 전장터로 나갈 연인의 그림자가 일렁이네 흔들리는 불빛, 벽에 비춘 두 연인을 본떠 두네

신발 위로 그림자가 가만가만 흔들리는 동안
선 하나를 더 그어 내리려 할 때, 희랍 부다테스 도공의 앳된 딸이 새가 우는 뜨락으로 흰 발가락을 가죽 꽃신에 끼워 넣고 있네 순간, 내 눈은 화지 안으로 돌아와 있네

나는 램프 불빛 너머 일렁이는 그림자를 가만히 어루만지네

날개의 위치

아카시 꽃잎 하나, 손바닥 위로 앉았지 파닥거리는
한 마리 작은 새 같았어 오월 오솔길처럼 착해지고
싶었지

아카시나무 그늘 밑 묘지 울타리에 기댄 채 꽃잎의
항로를 상상했어 꽃에서 봉오리와 가지로, 밑동에서
뿌리에 이르렀지

내 안에도 수많은 항로가 있어 샤모니, 몽블랑언덕
눈밭에 흘린 투어멀린 브로치, 그것들에게도 기억의
위치가 있을 거야

빈 하늘이 꽃숭어리 휘어뜨리게 하고, 들어 설 자리
없는 입석에도 사유의 바깥은 출렁여, 문틈에 낀 사
소한 새소리를 알아차리는 여행자의 저물녘

아카시 꽃잎 날아올라 나비잠 속으로 배냇짓 까르륵거리는 마을 지나 낯선 골목, 흙투성이 보닛 위로 면회 한번 못 간 엽서 흘림체의 여백으로, 그 흰빛은 어디까지 갔을까

살이 부러지고 철심 기운, 날개여 애당초 길이 있기나 했던가, 막무가내 길들여진 날개여, 험준했던 준령들, 아득히 한 번쯤 최후의 하늘에서 오로지 가벼워지기 위해 퍼덕이는 꽃잎이 되어

드높이 솟구치다가 죽지 찢긴 그때 바닥으로 떨어져내리며 나뒹구는, 맨 나중의 공중, 무섭도록 아름다워라 날개여,

몸 맞닥뜨리는 것들
—블랙 카본black carbon

자전거 도로 끝나는 곳 오리 배 선착장,
그 길 끝에서 소녀들 맞닥뜨리면 좋겠다

생채기 낸 진 바지 껍질,
K팝 읊조리며
뚫린 무릎 서늘해진 그곳에서 봄이 온다고
깔깔,
종아리 절구질로 새잎을 들여 놓는 소녀들
호수 위 오리 배에서 맞닥뜨리면 좋겠다

강가에 새어 나온 기름띠가
프로펠러를 찾아낼 때
수 없이 휘감기는 물살

무릎 소녀 둘의 정강이 나비질로 오리 배가 날아오른다
폭죽을 터뜨리며 페달을 밟을 적
빠르게 데워지는 북극을 지나치고

실시간 공포 자막 유튜브에 떠돈다
그을음이 속도를 그으며
오리배 한 척 나아간다
가 닿을수록 희미해지는 숨결
크루즈 한 척은 육지 쓰레기를 몽땅 하늘로 실어 나른다

아찔하게 청량하고 아름다웠던
이 휴일에서
가느다란 먼지 회오리로 마감하기 전에

하나뿐인 지구를 위하여, 갓 챠 맨을
웅얼거리는 소녀들,
파릇하게 뚫린 한겨울처럼
소녀들 달창난 민 무릎 세계와 맞닥뜨렸으면 좋겠다

절대 잃어버리지 않는 우산*

나는 누가 두고 간 우산일까요
우산이 우산을 두고 갈 일은 없지만
사람이 사람을 두고 간 일은 많아서

꼭 쥐고 질퍽한 건널목 건너 돌담을 거닐며
당신은 가슴 가장 가까운 곳에 나를 두었어요

나도 흠씬 적셔지고 싶은 날이 있지요
하지만 놓고 다녀야 홀가분할 때가 있어
당신은 물진 내가 귀찮겠죠
햇살 든 거리에서 놓친 건가요, 놓아준 건가요

나는 누군가 두고 간 우산일까요
늦은 밤 어느 카페, 셔터 내려지고 나서도
배터리 잔량으로 수없이 발신했던 마음
그 캄캄한 방치

다시, 비가 내리네요
가방이며 신문지며 뒤집어쓰고 뛰어가는 사람들,
어디쯤서 당신은 우산을 구걸하고 있을까요
나도 맡겨졌다가 꺼내 쓰는 감정일까요
더 넓어진 수신 거리로 새롭게 출시된다면
우산 장수가 뭘 먹고 살겠어요?

잠시, 잃어버려도 좋아요
다만 이번 생은 당신과 연동되었으니
마지막 지점에서 기다릴게요
살이 부러졌어도 뒤집혔어도 상관하지 않아요

* 우산과의 거리가 9m 이상이면 스마트폰 경고음 울림, 손잡이 속 배터리로 한 해는 거뜬, 뒤집힌 우산도 버튼만 누르면 제자리로, 오늘과 한 주간 날씨를 알려 주는 앱 장치됨

굴렁쇠 풀밭

허리 굽혀 들여다보는 시금초 덤불
회양목 가지를 타고 노랗게 번졌다
시금초꽃 한 송이 반딧불로 피어날 때
다리 위로 한해살이 태양이 건너고,
시금초꽃 한 송이 지는 사이
아이가 풍선 끈을 놓치고 만다
새애기는 아기를 가졌고
어머니는 영영 눈을 감으셨다

보르헤스 우산 속

11월 광고판 앞
민소매 티셔츠에 반바지 사내가 서 있다
사진 속 커피와 디저트에 김 오른다
그도 한때 일곱 겹 향기로운 잔을 돌린 날 있겠다

역사 게이트는 어둑해서 분장행렬 무대이다
눈비 내릴수록 안으로 이어지는 사람들
크고 추레한 가방을 옆구리에 늘이고
동굴 밖으로 흘러나오는 이도 있다
저마다 눈을 감았고 눈을 떴던가
모두 같은 지점에 있다

나의 즈음에도
골목 끝
불 꺼진 창문 하나 떠 오른다

건너편 카페 유리창 안으로
여자 몇이 수경재배 히아신스로 피어난다
지구라는 제목의 불가해한 시편들 스친다

거리의 유리판에 자신의 실루엣을 세워 두고
우주를 층층이 구경했는지
석양은 원래 장밋빛 그대로였는지
종아리 드러낸 그 사내는 게이트로 들어선다
그도 어디에나 널려 있어 누구도 눈치 못 챈
길 가는 알렙* 은 아닌지

사내는 언제 다시 등장할까

블루비뇨기과 코골이비염수술센터 대화전당포
행복직업소개소 복권명당(로또 1등 16번 61억)
맞은편 빌딩 간판들
영등포역 3번 게이트 앞을 신물 나도록 지켜보고 섰다

망각으로 뚫려 있던 지하 구멍이 닫혔다 열린다

* 보르헤스의 단편에서 가져옴

미스터리, 당신

함박눈이 산스크리트체로 내립니다

허공이 흩뿌려져 뜰 밖에 필사됩니다
청중 없는 독백을 밤하늘이 읊조릴 때
미스터리, 당신은 겨울밤이 독해한 공空입니다

여물거리 들이대던 조부의 손가락 마디가 절단됩니다
당신의 소년이 잘려 나갑니다
소년은 첫눈 품은 대밭으로 숨었습니다
저녁 횃불이 어린 이름을 밝힙니다

당신은 고서古書 한 질 입니다
책장 넘기다가도 감귤 까다가도
당신의 주파수에 잔을 들어 기울이는 건
라이터 긋는 바람 소리,
훅 들이쉬는 숨소리도
한 줄 밑줄이기 때문입니다

개망초꽃 한 무더기 꺾어 주던 들길에서
지긋해지는 미열로 눈 감기는 꿈속이듯
사랑채 끝에 열 살 상주, 당신을 마주합니다

부친상 굴건제복이 질질 끌립니다
손에 들린 죽장竹杖* 으로 자치기하고
혀 내밀어 함박 눈송이 받아먹다가도
상사 말씀 가없습니다, 소리에
서울 문상객 앞에 서면
건이 바닥이도록 엎드려 예를 나눕니다

큰사랑 증조부 헛기침 소리에
조부께서는 상두꾼 상여를 쓰지 못하고, 차마
명주 필을 끊어 결관結棺** 을 합니다
비단 매듭 고리 끈 눈부십니다
붉은 천에 은물로 명정銘旌,
정하게 쏟아지는 흰 눈발 받아 내며

고샅을 걸머메고 선산 길에 오릅니다

이 밤, 눈바람이 대지의 백 년 책장을 넘깁니다

속내에도 달빛 슬어 뜰 밖에서 고전체로 수록됩니다
어둠 속 외마디 비명
눈 기둥에 기대선 당신의 공空을 자를 때
이도 저도 새하얀 눈밭이며
사라지는 기록[***] 입니다

* 대나무 지팡이, 부친상을 당했을 때 상주가 들어 표시함
** 시체를 넣은 관을 맺음
*** 조정인 시, 「날개에 바치다」에서 가져옴

토리노의 말*

말뚝이 된 말을 쓸어안고 얼굴을 묻는 눈물이 있다

지친 말발굽이 황야를 훑어낼 때
헤적이는 갈기,
먹지도 마시지도 못하는 날이 오고야 만다
크고 작은 돌덩이들 바람의 화살촉,
멍에는 죽을힘을 다할 때 벗겨지는가
조금이라도 마셔봐,
타들어 간 입술에 물 한 모금 적셔 준다
텅 빈 구유가 지평선을 넘어설 때
마구간이 문짝을 떠밀어 팽개친다
썩어 가는 건초더미가 오래된 말의 속눈썹이다
램프에 불이 붙지 않는 밤
나무좀도 고요를 갉지 않는다
화덕 꺼진 아침 날감자 씹는 소리
살아, 살아야만 해,
말라버린 우물이

늙은 말의 숨을 길어 올리고 있다

사랑에 이르는 길목은 그 어느 구간에서도
옳다

* 영화 'The Turin Horse', 벨라 타르 감독

즈음과 요의 사이

용산행 전철이 눈앞에서 간발의 차이로 쓸려 나
갔다

이촌역 화장실에서 기다리고 있다는 너,
곧 내릴 거야 했는데 환승도 못 했고 요의는 바빴다
나의 즈음은 여전히 승강상태

그림자 몇이 질금거렸고 역사는 광택에 절었다
도쿄 어느 유원지 화장실 줄에 끼어든 것처럼
호텔 조식 야채접시 비운 물이 하의에 쏟아지려는 것
처럼
다음 열차를 기다리는 것이 왜 이리 길고 뜨거운지

대학원 졸업식장 객석의 분위기에서도 버텼는데
꾹 참고 하이힐로 뛰어 정시에 출근도 했었는데
자명한 것은 이쯤 가지고 죽거나 병날 일은 아니
라는 것

아 그래 이촌역 화장실로, 그래 거기
그것만 생각하고 있을 때
바람을 갈기며 전철이 다가왔다

용산 이촌 사이를 쇄쇄 달리는 차창 밖
슬레이트 기와지붕들 줄느런히 그늘을 괴고 있다
향방도 없이 참고 버티는 건 지루한 출구
폭탄을 이리저리 돌리듯 안절부절 다리를 꼬았다

이촌역 화장실은 바로 눈앞,
박물관 쪽 레일 위로 몸을 얹고 숨소리 삼키는 즈음
이제야 그를 찾아야겠다는 즈음

맞은편 레일 위로 미끄러지듯 다가오는 그,
나와 엇갈리고 있었다
어어, 하는 사이
친구의 이름이 시원스레 뉘어졌다

아미蛾眉, 붉은등을 켜야 할 것이어서

볼이 발그레했던 지영,
가뭇없이 옆 침상의 사과알을 쓱쓱 문질러 씹기도 했을

새콤한 딴청 쓸어 넘기다가
살곶이 언덕 사과 꽃향기로 달랑무 김치 냄새를 해빙
시키고는 했지
사과밭 그늘은 호사여서
꽃가지 아래로 길이 되지

서른아홉 생일
너의 홑 이름 위에 앵두 사과를 박고 술을 부었지
깊은 우물 같은 목숨에 세 들어 사는 일이라며
수저 한 벌 더 놓는 채록이라며

흘러내린 팔꿈치 종유석이 정물이 될 때
너는 사과의 붉은 이웃을 발랄하게 훔치지
태생을 유예시켜 온 너는

다자이 오사무의 높은 계단참에 앉아
계단 아래로 뛰어내리려 했지

언덕에 마른 꽃 부케 와사삭 부서질 때
꽃이야, 꽃이야 외마디
등성 모서리마다
사과꽃 방향으로 너의 속살이 비쳤어

그런 날은 지영,
초저녁 숫눈처럼 회빛 맑아서
거짓말처럼, 거짓부렁처럼
밤하늘도 거북 등 점괘를 얻는데
심장에서 몇 개의 별을 꺼내듯
사과 씨앗 한 톨, 인큐베이터 속 신생아처럼
붉은등을 볼에 켜야 할 것이어서

미처 도착하지 못한 방언처럼 명지 저녁 이울 때
놀란 바람 떼
붉은 사과밭을 떠나지 못하는구나
지영,

사과밭에 와서야 홀연 네가 떠올랐을까

동제洞祭가 있는 저녁

눈 덮인 반송밭에 청단놀음 여섯 마당,
정월 대보름이 물오른 풍등이다
다홍치마 차려입고 가출하는 각시탈
몸져누운 흰 수염 탈
서모를 찾아 나선 노름패 칼부림이 무참하니
그 재앙 그 불똥, 아쟁이 대금 소리

나루터 삼강주막 미꾸리국에 막걸리 한 잔
권커니 잣거니 청포묵에 복불고기 내오는구나
내 원래 비룡산 기슭에
멧돼지 팔매질하던 슴베찌르개* 이었나니
술잔도 내 단단한 이마로 쐐기 받는구나
용문사 팔 작기와 들림 난간 주춧돌 디딜 때도
윤장대 꽃살 짜 맞출 때도 글 못 읽는 이,
애愛 국國이야말로 바람벽이 통점이로구나
꽹 그랑 카랑카랑
꽹과리가 먹먹하다

행랑 꼴머슴 회화나무 아래 들돌 들지 못하던 날에도
부서진 촉, 종택 짓고 가죽망태 지르는 동안
임진년에 짚신 삼던 자운루 박공지붕에 승베자루 쳤
나니
단슬얼, 신라 적부터 대문채 문간채마다
종중 서당 기단 위에 기둥머리 초익공을 꾸미고
대청마루 동자기둥에 종도리 받치던 날에도,
둥당둥당 둥당둥당
장구는 멈추지 않네

동제는 아직 사설이 광휘다

홍자락 좇는 흰수염탈이 날춤 달아매듯 사뭇 통사정
이다
어깨춤 추이는 고수의 시김새가 소문처럼 한 거리 더
젖혔나니

저무는 사랑에도 기럭지가 있구나
강물에 수놓은 풍등 너머
불 댕겨져 날아가는 슴베 촉이 사위는구나
휘둘리는 채에 징이 가없이 울리네

고래등 한옥 금강실 돌담길로 사라진 달빛 나그네
꿈속 선몽대에 미열이듯 선연하니
백사장 위 낙안이듯 제祭가 끝나지 않네

대금이 앞서가고 꽹과리가 뒤채고 장구가 뒤따르네
그리하여 단 한 번의
징소리

* 슴베가 달린 찌르개. 슴베는 칼·낫·호미 따위의 자루 속에 박히는 부분을 말함

해산하는 여자들

(46억 년 지구가 아직 나가자빠진 일 없다 지구 온난화, 운석 충돌, 화산 폭발 등, 소행성의 충돌로 대멸종은 몇 번 있었으나 지구는 다시 태어난다 나는 몇 번을 다시 태어났나)

허공을 구겨 가랑이 그을리는 낮은 풀 위로 뜨거운 소변줄기
산등성 큰 엉덩이 엉겅퀴가 깔깔댄다
능선 바위벽에 새겨 놓은 아이 낳다 죽은 여자 그림
산고 끝에 길게 누워 버린,
런던의 보도블록 밑에 곧추세워 묻힌 이는 있어도 선 채로 세상 떠난 이 없다

발밑에 반짝이는 별빛 물결에 뛰어든다
예전에도 그랬겠다
만삭의 여자가 뒤로 넘어질 듯 걸어간다
선 채로 해산하는 여자 없다

물결 속에 들었을 때 말고는,

오래전 세상의 딸
난산의 자리에
어린 손 밀어 넣어 아우를 끄집어낸다
'살아남아야 해'
세상에 태어나는 작은 우주에 언어의 흔적이 새겨지고 발아한다
개미 한 마리가 반짝 공空을 들여다보는 순간, 새 한 마리의 외침!*
'살아남아야 해'
멈추었던 구름이 흐르기 시작한다
인류의 종種은 오로지 지구를 기록해 나가야만 하기 때문이다
아직도 지구는 나가자빠지지 않았다

왜 안 그랬겠어요

나귀와 너구리는 노아의 방주 고페르 목재 바닥에 제 종種을 번식시키기도 했겠지요

* 토마스 트란스 트뢰메르의 시 「자정의 전환점」에서 가져옴

2부

청사과

—르네 마그리트의 「리스닝 룸」에 부치는 시

그래서 당신은 향긋한 거야
심장에 사과알을 품고 있잖아

어느 공중은 사과 한 알로 꽉 찬 방이었어
꼭지를 따라 들어가면 씨방이 나왔지
기둥을 세운 푸른빛이 눈부셨어
바닥에 긴 마루
분홍 벽을 한 바퀴 돌아 창문에 닿았어
애벌레 길로 바람이 들어왔어
그 안에서 상큼한 공기를 들이마시지

빙글, 길이 뚫리자 손톱만 한 초록 개구리가
뛰었어
사과는 조금씩 귀가 먹어 가고 있었어
소리의 방향을 놓쳤던 거야
사과가 못 들은 건 가을이 또 오겠다는
속삭임,

그렇게 기다리다 방에서 귓불을
붉혀 갔지
지금은 이른 10월의 오후 4시
사과 속 길목도 휘파람을 불지
노을이 이명으로 먹먹해지면
도랑물 소리 높아지지
푸른 사과는 무중력의 외로움이 아니야
차갑고 캄캄한 공허도 아니지

거대한 손 하나가 불쑥,
사과를 슬며시 위로 들더니
톡, 공중을 살려 내지

아직 태어나지 않은 심장이 두근거리네

모서리에 피는 꽃

저녁 식사로 야채 튀김을 차린다

사냥꾼 아내가 갓 죽은 동물에게 물을 먹이듯
꺾어 온 꽃송아리에 물을 축인다
레몬 반죽 호박꽃과 양파를 튀기고
포도주에 물을 타서 지중해 바다를 한 모금 떠 온다
머스터드 곁들이며 투명한 그릇에 호박꽃 튀김을 담
는다
단단해져 단맛 드는 겨울 양파처럼
그릇 전을 베는 꽃들의 굴절,
선명한 농담이듯
모든 모서리에 꽃이 핀다
충격과 마모에 견뎌 온 노르딕 라이프,
벗겨지지도 변색 되지도 않는
질긴 유서에 물이 듣는다

저녁 식사에

꽃과 풀이 나를 드신다

잇달라 유리그릇 공기 방울 무늬 속으로
수천수만 꽃송이 오디세이 농담으로 번지고 있다
쟁그랑, 꽃들의 투명한 패턴
부닥쳐도 부서질 줄 모르는 자존,
소리 없이 공명한다
꼿꼿해지는 귓전으로 포말이 철썩인다
기울이는 잔의 윤슬 위로
오늘의 식감을 들인다
벙긋한 웃음 한 입 베어 물자, 바삭
가뿐한 통증
시간을 들이지 않아도 되는 음미란 있을까
노릇이 내어주는 호박벌 자릿내가 나를 용서한다

춘광사설春光四說,
오감이 만발하다

행화杏花 부고訃告
—아현동 63-11번지

“행화杏花 장례 삼일장, 조문 가능
예술로 목욕하며 마지막 순간의 때를 밀던 분들과 함께 기억합니다.”

이날의 상차림은 ‘반신욕 라테’
목욕 대야에 받쳐 나오는 때수건 컵 받침,
슬픔도 핫플레이스에서는 후후 불어 마셔야 한다

여탕에서 올 댓 재즈, 세신사의 노랫소리에
벽 너머 남탕에서 박수가 나왔다는
작은 굴뚝 사이로 벗은 몸의 청중들

빛바랜 행화杏花 타일 조각이 기억을 상영한다

소전거리 살구나무집 하일남何一男, 문패를 읽어 보곤 했다 까치발로 뜻을 갸웃했던가 집 마당에 싸리비 자국 영글고, 붉은 함석지붕 위 살구알이 장광으로 굴러 내렸다 장날이면 대문 밖 목로 가마에 소머리국밥 설설 끓여 고봉으로 손님을 맞던 하일남 아주머니, 내게 살구 몇 알 쥐여 주었다 가래나무 바둑판에 조약 차돌 놓던 건재 약국 할아버지는 살구씨를 계피 몇 줌으로 갓끈처럼 내어 주곤 했다 그때 주머니에 빠뜨린 행인杏仁 한 알, 일가친척 없이 행인으로 사는 하일남이었을까

혼자 피난 왔을 목로의 장사葬事
누구의 눈물을 훔쳤을까

살구꽃 청 타일과 하늘색 세신 침대,
60년 낭만이 허물을 벗기던 자리
장례는 성황이다

삼가 행화탕의 명복을 빕니다

내일이면 카페로 다시 산다고,

공간이 추모되면 사람이 그 공간에 깃든다

나도 내가 한동안 궁금하다

나는 문 위의 쇠사슬 수갑을 흔들며
밤새도록 사랑하는 손님을 기다린다*

눈바람 차갑고 밤새 소식 없어 눈밭이 슬면 흰토끼 등을 비워 둔다. 높은 창 젖뜨리고 아침 햇살 채집하는가, 눈이 부시다. 눈을 감아 본다. 꽃밭이다. 화양연화 다홍이다. 지어 놓은 농도가 여기에 들었다. 정면으로 해를 묻어, 감긴 눈 속으로 꽃길 들이는가, 지난해 앉아 보지 못한 꽃밭 바싹 당겨 놓는다. 낮달도 섬, 파도치는 백일홍 길, 호랑가시나무에도 흰 눈 꽃봉 매달렸다. 그림자 한 마리 펄쩍 뒷다리를 버리고 소식인 양 귀를 쫑긋,

* 오시프 만델슈탐, 「레닌 그라드」

판화

새들 날아 앉는다 가로등이 일제히 솟아오른다 헐어
가는 역사驛舍 기왓장 위로 접거나 나는 날개의 형상
이 깊거나 돋아나 어둡거나 환하다

천천히SLOW!
교통 표지판이 속도를 긋고 있다 버스가 정거하자 일
어서 통로에 줄을 대고 내린다 앞사람을 모르는 그를
뒷사람이 알지 못한다 칼치기 차들을 가로막고 횡단
목을 나아간다 서로의 뒷모습은 보지 않는다

칼끝에 오른 엄지를 눌러 왼손목 안쪽을 천천히 밀어
올린다 젖혀지는 살갗이 자라듯 일어선다 이날의 새
는 한쪽 다리를 잃은 붉은 부리, 가느다랗게 울음이
흘러내린다 꽁지깃이 선연하고 위태로운,

눈 쏟아지는 기왓골 이음새 날捺 깊어질 때, 한 사람이 절룩인다 영원히 살아갈 듯, 새벽이 단호하게 눈 발자국 떠낸다 제 발로 옮겨 다니며 어른거리는 얼의 굴窟, 찍어 나간다

태양의 발가락이 뜨겁다 뽀득, 숫눈 밟히는 소리, 새날에 새판版을 뜬다 새들 날아오른다

자루

입원 나흘째 당신의 폐가 끓어오른다
괴인 수액을 뽑아내느라
부항을 뜨러 한의원에 다닌다
뒷좌석에 축 늘어진 물자루
추슬러 동여매어 껴안는다

어린 내가 장날 싸전에서 쌀자루를 머리에 인다 불도장 찍힌 굴러 담은 고봉 두 말이라 좋았다 여덟 식구 한 장 토막 식량이다 간신히 한 발짝 떼니 걸을 수 있다 고추가게 건너 국밥집 지나 군청 앞 호두나무 그림자를 으깬다 순민이네 한성양복점, 창문이다 돌아보지도 못하고 고개가 쏠린다 폐병쟁이 헐어 내린 토담 앞, 침 한 번 겨우 뱉는다 우체국 지나 양조장, 술밥 냄새 코를 벌름거리겠지만 아니다 연미사진관, 경찰유치원 적 백경실 선생님 사진을 보겠지만 앞만 보고 간다 솟을대문, 뻗정다리 연자가 정자 마루 무용하던 군수 관사, 앞을 지나 나무 철봉, 몸을 휘돌리는 상률에게 알은체를 못 한다 앞 뒤표지 떨어져 나간 수수께끼 책 한 권 같은 집, 다 외운다 그곳에 누가 사는지, 교육청 길 곰보네 국화빵집, 분홍장미향 킁킁거리며 집 앞까지 왔다 당신의 급한 바느질 손 던지고 받아 주지 않았다면 나는 주저앉을 뻔했다 무거운 쌀자루가 며칠 내 머리에 얹혀 있다

방마다 다락마다
생쥐와 누룩 냄새
찔레순을 딸까 삐꾹대를 꺾을까
밑 빠진 자루에 콩나물시루 앉히듯
새가 울적마다 동생 다섯이 참새 소리를 냈다

치레 깃 펼 때

징검돌 위 잿빛 신사, 빨간 루주 내비쳤던가
어두워진 물빛에 그림자 들었다

실루엣 바깥으로 물소리 부서진다
제 속의 언저리를 깊은 데로 흘렸다가 건져 올린다
돌아보니,
물살 거세지는 그곳에 아무도 없다

널빤지와 폐비닐, 썩은 나뭇가지 생각들에 물보라 튄다
징검돌이 보에 걸려 있다
신사는 도랑가 스티로폼 빈 상자를 오래 쏘아본다
미꾸리라도 한 마리 들었던가
물속으로 쭐렁거리는 모가지,
누군가 밤새 기울이던 호리병을 빠뜨린 거다

꽃차례 따라 잿빛 얼굴 천천히 돌린다
그래, 이번 여행길엔 입속에 돌을 물고 날아올라야 해

자칫, 주둥이를 쪼았다간 푸릇한 주검이 될지도 몰라
냇가의 바위가 볕을 움츠려 넣는다
신사는 치레 깃 펼친다
물살이 제 색을 찾는다

엎드려, 냇물에 얼굴을 씻는 이가 있어

두루미와 나란히 물빛에 실린다
빌미에 불을 댕기는지 물결 속 잿빛 바람 인다
개나리꽃 넝쿨에 공장 굴뚝이 자라목이다
천변에 숨겨진 영진화학 간판 떠내려간다

푸드득,
갈대 섶을 훨훨 키질할 때
벗어던진 폐비닐,
물이끼 사이로 떠내려간다
붉은 루주, 형광 잠시 뒤척였던가

백 년 드라마

방문을 열자 페이드인fade in 되는 조연들

자수刺繡 손부채와 항라 주머니가 이마의 미열을 짚는다

땟국 절은 태극기 두 장, 재봉 목공단 국기 집,

당신의 친정 부친 묘소 앞에 엉엉 우시다 영영 못 일어설 듯 휘청이던, 실크 카네이션과 엽서, 갈라선 큰며느리 손편지, 훈과 음을 상형해 둔 노트, 신약을 옮겨 적은 두꺼운 공책, 오래전 금목걸이 한 줄, 절단난 시계, 오만 이천백이십 원 새마을 통장, 손지갑에 접어 둔 현금 삼만 원, 마스크 팩 몇 장

병 수발로 치워 드리지 못한 내간內簡,

무명실 칭칭 봉숭아꽃물 붉은 새끼손톱 허물 같은 건 보이지 않는다

스물일곱 치자물 모시 치마 적삼도, 화랑 담배 은박지 백합도 없다

유치원생 내게 번자네 하숙생 아저씨는 종이꽃 한 송이씩을 전해 달라고 했지

불 꺼진 빈방은 차갑다, 칠흑의 타클라마칸 사막처럼

차디찬 속살 보여주지 않는 아틀란티스 섬처럼

창밖 만월滿月은 캐러멜 껍질 한 꺼풀씩 달빛 벗겨 내는데

고대도시 유물 탐사이듯 손끝에 검은 재 분분하다

산소통과 오줌주머니 매어 달은 요양병원 수액 걸이처럼,

창가 화분에 노란 카라가 밤을 끌어가고 있다

당신의 백 년 드라마는 방영 중이다

그로테스크

천만에, 나는 호두껍질 안에 웅크리고 들어가 있으면서도
나 자신 무한하기 그지없는 어떤 공간의 〈주인〉으로 여길 수 있네
—「햄릿」 2막 2장*

빛살 쏟아지자, 고층아파트가 뚝 꺾여 거꾸로 대롱거
린다
여우비 떨구고 간 빗방울 하나, 화단 감나무 이파리
에 새소리 통유리창 쏟아진다

* 이 부분은 로센크론츠가 덴마크가 마치 감옥 같지 않겠느냐고 하자 햄릿이 했던 응답이다. 즉, 그것은 크기의 문제가 아니라 그 안에 무엇이 있느냐는 문제이다

글썽이는 눈

공사장 한 곁에 물웅덩이 번득인다
새 땅의 눈깔이다

마중 나온 앞산을 헐어 바닥을 다지고
구렁을 메우는 동안
속내를 길어 내듯 글썽 괴어 있다

먼 데 산마을 한 움큼 돋아나는 동안
퍼낼수록 차오른다
바람 볕에 굳어 갈 무논 자리 아니다
봇도랑 터 주어도 막무가내다
비 온 후
바깥을 끌어모아 둘레를 친다

젖은 것들 가두어 못으로 박힌다

볕이 들자
가라앉은 제 속 말개져
낮은 구름이 파랑이다

노란 붓꽃 터뜨리고
물풀 이랑에 오리알 품고
미꾸리 장어 새뱅이,
몰려드는 연못을 만들 터인가

웅덩이가 있어 보송해지는
대지,

마른 뒤란 하나씩 부려 둘 사람들
신도시 마당에 물이 솟는다는 걸 알까
마중물 샘 하나를,

고등어구이

연탄불 구이라야 침샘이 솟구치는 건 아니다
어느 때쯤 뒤집어야 태우지 않을지 아직 모른다

햅쌀밥 냄새에 사람들 솨 쏟아져 나온다
잘 익은 살 도막 아이 입에 떼어 넣는다
중간 참에서 남의 쌀가마까지 내려놓고 우기더라지
아이 업고 내려서서 토막 친 말,
양쪽 가마를 꼬챙이로 떠 봐요
쌀이 같으면 가져가도 좋소
한 가마를 도로 버스에 올려 주고 가더라지
고향 쌀이 추정이라는 건 떠보지 않아도 안다
골목 행인 수도꼭지 목 축이는 자세도,
손수레 당근 고르는 엄마들 눈썰미도
제각각이지만,
남궁소아과 물약병엔 보리차에 흑설탕이 전부라는
것과
문간방 아가씨 신생아 안고 들어서자

미역국 끓여 주며 함께 모른 척한다
생굴 한 가닥 입에 넣어 주던 변소간방,
선지 끓인다며 쇠기름 덩이 얻어 온다
남매 학생 데려온 가운뎃방 부부,
기다란 골방처럼 돌아와 굽는 밤,
그 방 고등어 냄새 뒤집을수록 화사했다
그런 날은 밤하늘 유성도 석쇠 자국이다
장터 양파 한 덤 슬쩍, 뒷방네
아홉 식구 밤낮을 뒤집어가며
자고 나가는 일도 공공연한 비밀
시고모님이 검침 요금 많다 하실 때
슬금 뒷걸음치는 길목방 부부,
이사 나갈 때 둘둘 말린 비닐장판 뒷면에
구 불 텅 전기선, 입을 숨겼다
대청에 보온 쌀밥 한 솥,
열어 보면 바닥이다
도막도막 간이 배어든, 방마다

고등어 굽는 냄새 조금씩 다른 건 신기했다

제때 뒤집어야 노릇이 고소해지는
생활이라는 퀴즈,

시냇물 버킷 리스트

구급차가 멀리 달려 나간 뒤 알았다
그림자에는 우물 속의 용이 굼틀댔다는 것을,

어디쯤 각성이 혼곤의 언덕을 흔들 것인가?

가난한 나는 사소한 날 속에
여의주 용 한 마리 그려 넣고 싶던 적 있다
크레파스 한 묶음이 그 꿈을 펼쳐 주던 시간,
지난밤 용꿈을 팔지 않겠다고 고개를 가로젓던
그 아이

용 한 마리,
심전도 그래프로 날아오르고 있다
간간이 차창에서 튀어노는 햇살의 비늘,
그 용골을 향하여
여의주를 문 구급차가 달려 나간다

소나무 둥치 장독간, 접시꽃 울타리 위로

의식은 또 어느 변방에서 경광등을 번득일까
가랑잎이 서릿발을 펴 주는 바람의 공명 속인가
지상의 마침표가 무중력이 되는 교차로,
목젖을 타고 적셔 내릴 가여운 농도
링거 줄이 실뿌리 갈래로 가뭇해져 갈 때

$\sqrt{2}$(루트 2), 하나 사고, 하나 사니 둘일세
$\sqrt{3}$(루트 3), 한번 치세 이 공, 다시 한번,
계산기 없던 시절, 용케 중얼거리던 속내가 공중 들린다

마지막까지 살아 낸다는 일,
용의 비늘을 더듬어 보는 성취일까 미천일까
성지의 어두운 광 기슭, 이끼의 기원 같은
무념, 무취, 무상의 행간
돌개바람 사이렌 소리가 이역의 근량이다
달리는 차선이 기우뚱,

근사값 눈금 하나를 고르고 있다

어서 오세요,
—신선설렁탕집 사설 한 마디

그 식당 한가운데로 아름드리 소나무가 우뚝 솟아 있
다고 했다
소복하게 묻은 눈 털고 들어서서
신발을 벗을 때

어서 오세요

폭설은 창밖을 두드리고
푸르게 천정으로 솟은 솔가지에
서리는 김,
가마솥이 설설 끓는다
한겨울 추위도 다가앉겠다
국물 한 수저 뜰 때
바싹 마른 입안이 뜨끈해진다
정오의 언저리 뽀얗게 번진다
흰 김이 가지마다 깃들어

기어이 꽃이 피었구나
향기를 흘리며
솔잎이 열고 가는 공중
그 맑은 높이에 하얀 성城의 유적지가 있다
신선들 둘러앉아
아작, 붉은 깍두기 깨무는 소리
먼 산 십장생 사슴이 눈밭을 밟는다
어느 목로 부뚜막 아궁이에서 잉걸불 튄다

어서 오세요

아직 가 보지 못한 그 신선설렁탕집
처음 그 한 마디
그 집 한가운데 오래된 소나무가 서 있고
눈 쌓인 지붕이 있고
신선 식구들 눈빛만으로 피는
환한 꽃이 있다는,

소리꾼 권달분

천둥산 저전리에는 잘칵이는 입춤이 있다

콩밭머리 수숫대 아래 연지빛 인물
소쩍새가 울었다
짚둥우리 태우듯 추풍령을 넘어간 서방,
달맞이 벼 베기, 별 보기 보리타작
하현달이 빈칸 하늘 썰었다

닭장에 살쾡이 잡으려다 물린 손가락
작두날로 내리칠 때
장독간 맨드라미 떨구었다
너덜거리는 검지 끓는 장물에 지진다
짐승 울음 곱 꺾어 삼키는데
내리그은 흰 눈두덩 떨리고 있다

진득하게 봉합된 가을
마디 없는 검지가 잘린 데서 벼랑이다

모시 적삼에 비친 겨드랑 구창灸瘡처럼
속울음 한소끔씩 움 틔운다
파래소리다

풀려 나온 슬픔은 실꾸리째 명랑해야 한다고

메기듯 받듯 사붓이 흰 버선코
도두친다, 뵐 듯 넘길 듯
중모리 자락을 천둥산 상강霜降이 휘감는다

썰린 검지가 그녀의 목젖에 걸려 있다

승강의 감정

1, 맨 처음 승강기는 런던 사보이호텔에 있었다지
붉은 실내에 놓인 프렌치 엠파이어 스타일,
그 의자에 앉아 보는 상상을 했어

3, 한 저녁이 열린다 내려놓은 엉덩이들 사이로 끼어
들까
이번 층을 냉큼 닫아걸고

5, 화장을 고치거나 턱수염을 가다듬기도 했을 거울,
등을 돌리는 동안 시냇가 숲속이 걸어온다
지저귀는 새소리 덜컹일 때 물레방아는 도르래다

7, 위로 승강하며 펼쳐지는 풍경들
의식은 고도가 높아지는 진화일까
성숙해진다는 건 현기증에서 살아 낸다는 일

9, 섬 하나가 승강하자 파고波高가 지레 하강,
바다 밑 대륙붕은 가이드 레일이지
몇 번이고 가다 서도 직관은 끼어들 만해

11, 당신과 맞들던 문 창호지에 풀 솔질을 하고 국화
꽃잎 몇 장 햇살로 펴 둔다
물 한 모금 머금고 창호에 뿌려 보는 탱탱한 볼,
살집 돋우는 여기는 황토벽, 외로움이 도배된 자리

13, 나는 승강하는 자, 하강을 모르는 호출 단추

15, 누가 나를 누르고 있나 F2에서 꾸역꾸역 불 들어
온다

승강하는 방에는 중력을 들인 진동이 살고 있다

단면이 전송되고 있다

원형의 기기에 몸체를 고정시킨 수락은 견고하다
동굴은 지금 가장 가벼운 나의 숨을 횡단하는 중
다리를 움직이지 마세요 쾅 닫히는 유리流璃문
어둠은 눈을 동그랗게 뜨고 지켜 선 채 자취를 훑고
있다
먼 산 통점들 얇은 음영으로 일렁거린다

비로봉 정상 위 드러누운 관목 사이로 숨겨 둔 수리
취가 겨냥된다
구기터널이거나 불광역이거나 승가사 허공에 하늘
거리는
꽃잎의 기울기가 선택된다
백두산 천지 깊고 푸른 꽃 무더기 이슬
몽블랑언덕 눈밭에 흘리고 온
발밑에 반짝이는 기척 들

역무원 졸음 같은 간이역의 온기,
주무세요?
꿈이 자기장을 선회해 온다
심장이 철컥철컥 찍혀 나간다

어떤 낱장은 별스레 곱다

티끌 같은 보조개들, 모퉁이 돌아 깃을 펴다가
잠시 뒤 돌아보았던가?
불거진 이탈이 지그시 묻는다
굉음이 머쓱해져 멀어져 간다
눈을 뜨고 천천히 내려오세요
난간 아래 신발을 놓아 주는 흰 가운 입은 이가 있다

잠시 내 것이었을 어둠을 탈의한다
지나온 길과 내디딜 길목, 그 한가운데 두 발을 모으고
오롯이 햇살을 조인트해 보는 것이다

유리遊離된 별 한 장, 나의 봄으로 걸릴 것이다

3부

안타레스*

길이 우연히 우리를 손잡아 주었고
때마침 바람이 도착했고
누군가 찰칵, 한 톨 숨결을 담는다

원앙의 부리 물결의 수평을 치받으며 앞으로 쏜살같다

샛길 비탈이 발을 밀어 주었고
잎들이 일제히 바람을 한 번 더 쓸어 간다
부러지듯 작살나무 흔들릴 때
슬어 놓은 자색 씨알들 꼭 잡고 견딘다
발밑에 구르는 도토리 더미 아작,

오리 쯤 걸었을 때 오리나무가 마중 나와 있다
연못에 시든 연잎
긴 대나무 작대기와 물장화를 기다리고 있다

팽나무 가지가 멍빛 살결을

푸른 하늘 자락에 비춰 본다
산사나무는 제 열매를 세다가
잎 가지가 옆의 신갈나무만 못하다고 피곤해 한다

오늘 저 빛과 그늘을
손아귀에 넣어 와삭 구겨도 될까요?

여객기 한 대가 머리 위 가르마를 지나갈 때
두런두런
비행운도 나지 않은 말간 하늘을 응시한다

우리를 기다리던 숲의 정령,
저만치 돌아 나가며 옷자락을 길게 끌고 계셨다

이 저녁 빛나는 별자리 하나
토도독 떨어져 내릴 것이다

* 상강에 시작된다는 전갈자리의 일등성

괴강槐江* 1
-영옥이

역말다리 제재소 집 딸, 서울택시 운전한다더니
언제부터 느티나무골 강여울에 잔자갈 깔고
짚단에 정향을 넣어 삶아 오리탕 끓여 낸다
눈 내리는 캠핑 하우스 팔 광을 팔다 말고 불쑥,
전화 걸어온다

패랭이꽃 모가지 비틀며 둑에서 울던 동무,
멱 감다 입술 지렁이 파래져
뜨끈한 가래산 돌밭에 쪼그려 앉은 오줌 조약돌
더 많이 적셨다고 으쓱대던,

설 비심, 꽃분홍 유똥 배자 내 뒷덜미를 잡아당겼지
부뚜막에 수제비 떠 넣다가 함께 덮은 진솔 모본단,
새하얗게 푸새한 홑청 밑으로
새까만 발바닥 넉 장,

어머니 성화를 씻는 눈석임물에
함박 눈송이 뛰어들던 한밤중,

댐에서 얼음 지치다가 설피 대신, 롱 스케이트 칼 발로
눈밭 섶에 쪼그려 앉던 소녀들
외돌아진 노루샘 기슭이 휘파람 불면
그날의 뾰족한 엉덩이 환벽環碧** 으로 얼비친다

서울대학 며느리 휴일처럼 달려와
캠프장 설거지해 놓고 돌아간다는,
내 살던 어머니 집으로
서 말가웃 묵은 장독 부시러 간다는,
잊을 만하면
니, 젖 나온 것도 몰르나? 은제 내리오나?

산막이옛길 강여울에는
화롯가 김치볶음밥 한술을 기억하는
내 친구 영옥이,
세상이라는 주인[***] 앞에
눈 뭉치 수북이 던져 놓은 푸른 솔가지가 있다

* 속리산에서 발원하여 괴산으로 흘러들어 괴강이라고 함. 고산정 아래를 지나 충주 달래강으로 흘러 남한강 상류에 합류함. 길이 123.00km, 유역면적 1614.37㎢
** 마음을 깨끗하고 청렴하고 푸르게 하라는 의미를 담고 있음
*** 정연복 시에서 가져옴

괴강槐江 2
—꽃바위

절벽 아래 괴강물 마카로니 언표 시퍼렇다

시집갔다 돌아온 앞집 동학이네 고모
대청에 각시탈 웃고 있다
담장 안길은 맨드라미 꽃술 인물이 아까운데
중얼중얼 부푼 배 쓰다듬는다
길 가는 사내들 고개를 갸웃,
미친년 양 눈썹에 기러기가 퍼덕인다
쏘가리가 강바닥에 묻어 둔 유리 어항 깨던 날
파란 하늘로 피라미떼 무수히 들고
빙빙 돌던 산꿩 한 마리 모래 능선 내리꽂는다
천렵 온 젊은이 영영 돌아 나오지 못한다는
물구멍,
아득한 소용돌이 꽃바위가 있다
쇠도끼 들고 벼른다는 오라비도
시렁 양잿물 두었다는 홀어미도

있다
봉숭아꽃물 찧는데 돋을볕으로 끼어드는 미친년,
열 손가락 무명실 칭칭 감아 꽃봉 올려 준다
첫눈 내리듯 치켜들고 낄낄거린다
굽이지고 솟아오른 것에는 끌림이 있다
미쳤다고 수군대지만 미치지 않은 눈물이 있다
불룩 배가 정수리로 출렁일 때
꽃물 손톱,
까치 살모사 꽃바위 위로 올라섰던가
구정물 한 바가지 마당을 지나 대문 밖으로 나비질한다
얼른 빗장을 걸었던가

저녁 해가 누런 양수를 퍽, 터뜨린 날이다

괴강槐江 3
—갯장어 숯불구이

숯불판에 갯장어 야행성이 졸깃하게 익어 간다

화덕은 무심결 산란 중
들여다볼수록 한 점 홍조
모롱이 눈썹달 생각 너머
내 짝 문환의 토실한 엉덩이를 냅다 걷어차고는
책걸상을 뛰어넘어 달아나던 일

반달언덕이 강자락을 휘감은 마을
뒤주에 새알 품은 집,
높이 대문 편액 지긋하다
사랑채 아궁이 불빛 허드레로 떠오른다

장어를 뒤집으며 문환, 발음을 삼킬 때
보이지 않던 그가 제 숨을 끊었다는 기억이 딸려 온다
장어 등피 속에 비늘 숨겼듯 어떤 연유가 그를 버렸을까

화덕은 태연하다

불더미 속, 구 불 텅 짚불장어 아니라도
칙, 푹, 장어 살가죽 동그랗게 말린다
오래전 불 꺼뜨린 한 가계가
허옇게 뒤집히며 등거죽 오그라들었을,

호박 잎사귀로 손가락 싸매고
불구덩이 풀뱀 껍질 벗기며
입가 그을리던 문환,
으스대던 그 저녁나절처럼
마리아나 해구에서 천만 개의 알을 낳고
갯장어 한 마리 마침내 나를 찾아왔다고

주낙줄의 목숨, 마지막 기럭지가 꿈틀
꼬리뼈를 번쩍 들어 올린다
화덕은 향기로워

여기, 생강 채 좀 더 주세요

돌담

시멘트 바닥 위 조약돌로 둘러앉은 이들
황소 곱창집 비닐 천정이 자욱한 연기로 별을 훈제한다
출출한 순배로 이마가 번창해질 때
지글지글 후끈, 탱탱해지는 곱창
쫒기는 맛은 질깃해도 층층이 향긋하다고

내일이 오늘에 덥석 뜯길지라도
다 잡아먹은 곰의 머리를 내륙 쪽으로 뉘어 주는
손길처럼, 뒤집힐 패가 있을 거라고
발아래 가방을 밀친다
밤샘 아르바이트 고학도
잘 익은 곱창 앞에서는 잊어도 된다고
몇 점씩
푸른 부추 위로 쌓아 올릴 때
부뚜막 갯 소금 한 종지에도 기도문 묻었다

맑은 소주잔에 나사렛의 젊은이 월계관이 고인다

검은 얼룩 큰 돌 사이 푸르게 자라는 이끼들
돌담 높이 쌓아 올리는 것은 밤도둑 무서워서 아니라
고추 모 몇 포기 살리는 일이라고
작은 돌 깔고 큰 돌 굴려
작은 망치 하나로 치고 쳐서
거꾸로 세운 큰 돌 사이
작은 돌 끼워 넣는 일이라고

미끈둥한 바닥이 돌쩌귀 올려놓고 자욱한 사설을 세례한다
떨리는 소주잔이 이마를 조아리며
작은 돌 소소한 타격처럼
어깨와 어깨가 낀겨지며 한 저녁을 주문하는 것이다
고춧대 높이 밭고랑 우거지게 해 달라고,
대창과 소창이 달궈지는 철판 위에서
돌담 빌딩 후미를 받쳐 든 거푸집,
이슥하도록 지글거리는 것이다

괴강槐江 4
—구기자枸杞子와 오미자五味子

구기자를 오미자라고 우기는 이가 있다
꽃탕 한 그릇을 걸겠다며 정녕 우긴다
그럼 승용차를 걸으라 하니 갸웃거린다
그냥 용봉꽃탕이라며 웃는다

오미자면 어떻고 구기자면 어떤가,
다 좋은걸
구기자는 길쭉하고 오미자는 동글어
동그란 입술로 길쭉한 소리가 잘도 자란다

구기자를 오미자라고 억지 부리는 이가 있다
빨갛고 길죽한 구기자
더는 둥글어질 수 없는 살을 만지작거리며
구기자가 신맛이 나지 않는다고,

구기자와 오미자, 오미자와 구기자
쓰고 달고, 시고 맵고, 짜서 오미자라는
이름이 대수랴,
오미자는 오미자대로
구기자는 구기자대로
붉게 익은 이름으로 충실한 걸

울안 가득 립스틱 구기자꽃 이우고
담장 밖 휘늘어진 오미자 들였나니
약차에 담긴 구기자
화채로 띄운 오미자
두 사람이 마주 앉아
구기자 맛 같고 오미자 맛 같은
수다가 흐드러진다

괴강槐江 5
—백중伯仲 한가운데서 만수 구혼을 하는 방식

오부 동네 기와지붕 초가지붕 들썩이네
썩은 꽁치 궤짝 짊어진 만수 아버이 읍내 장에 가고
어무이 없는 만수 느티나무 둥치로 휘파람을 부네

방죽에는
멨다 꽂은 댓바람에 씨름판이 한창이네
깃 광 목生廣木필 두른 황소를 어르던 구경꾼도,
일손 놓은 장꾼도 손뼉 치던 그때

만수가 눈썹 고운 흰 저고리를
오봉산 밑으로 끌고 가네
동진내 섶다리 건너
까르르, 하얗게 웃음을 삼키는 처녀
붉은 수수밭이 되네
사창四倉리 암물과 역말驛村 숫물이 만나는
합수머리 물길 꿀렁거릴 때
첫 울음을 뱉는 까투리 끼루룩거렸네

풍물패 벗구잽이,
소고 치며 상모 돌려 노을을 휘감는데
춘향의 이도령 금의환향 신파극 막을 내리고
썩은 꽁치에 마늘잎 졸이는 냄새
만수네 아궁이 구수해지네

만수 아버이 아들 장가 소문 걸머메고
돌아오고 있었네
어깨 위로 나비춤 덩실대는 보름달을 무동 태우고,

1989, 비무장 지대

어느 그림자에는 그림자조차 얼씬 못했다.

침묵이 새 침묵을 다짐하는 저녁
달빛 개미들
골방 칩거라고도
남산 지하 개구멍받이라고도

뮤즈,
객석은 설레었고 무대는 고요했다
서늘하게 건반 두드린다
태어나 처음 찔려 보는 빛살 아래
갓난아이 시울 같은 실가지 흔적
송아지 낳는 외양간 김 같은
조명 속
실루엣이 둥기둥기

강바람이 지나간 어느 날의 크랙션을 자른다
한 번도 보지 못한 노인의 크낙새처럼
어쩌면 쇠락했을 선율 하나
뮤즈,
계절을 에돌아
소리의 계단에 불 멍 달궈지고
잔불 사이로
무심코 가난해지기 쉬운 그해,
시월의 변주
가변은 함부로 건방져 보는 저녁이어서
모퉁이 길에서도
우리는 죄짓지 않았으므로
통금은 저녁마다 그어지고

더는 애처로울 수 없는 뮤즈,

수 봉

그녀의 노래

해제된 빗 금 있었다

1907, 정미왜란 그날

외갓집 사랑채에 문갑 위 건국훈장
메달 속 태극 문양 천천히 휘날리고 있다
그 너머 청년 권용일 눈을 부릅뜨고 있다

명성황후 살해 을미사변 십 년 후
을사늑약, 강화도조약으로 일본군 총칼에 외교권을 빼앗긴
동짓달 열여드레 추운 새벽

조약체결이 원통한 청년 권용일, 스승의 가르침대로 충효 열, 죽는 날까지 품어 이름을 전하리라 경상 금오산을 지나던 이강년이 낭랑한 소리를 찾아들었다 보아하니 양반자제가 어찌하여 병서를 읽는고? 평세도 난세 되고 난세도 평세 됨은 천지 음양 이치인데, 문무 겸비를 어찌 괴이하다 하십니까 나라가 위급한데 문무가 따로 있습니까 그 말을 좋이 두고 이강년은 산을 내려갔다

여러 해가 지났다
헤이그 특사를 보낸 일이 발각되어
이토 히로부미가 고종을 퇴위시킨다
강제 해산된 국군 대장이 자결하자
군인들은 무기고를 부수고 일본군과 교전을 시작한다
전국 13도 분연히 일어난 창의군,
흩어진 군인들은 고스란히 의병 부대에 합류한다

청년 권용일은 이강년을 다시 만나 의병으로 참여한다
연합부대 충주성 전투, 수에서 밀려 결국 패하고 만다

경북 풍기군 문경읍 갈평 전투,
숨겨 둔 배양산 탄환을 목숨보다 중히 끌어와야 한다
어깨부터 허리까지 띠를 걸치고 솜두루마기로 숨긴다
함께 나선 도 총독장 이만원과 밤낮을 걷는다
제천 송수동에서, 청풍 후평에서
적을 만나 변장으로 피했으나 산길은 계속된다

탄환이 보급되자 사기 등천,
대첩이다

우군선봉대장에서 도 선봉대장으로 청년은 앞장선다
눈바람에 적병은 추격해 오고, 탄환은 줄어들어 고전이다

이 나라는 외세의 바람 앞에 등불,

청년 권용일은 끝까지 포기하지 않는다
충청 강원 경상 일대의 격전
젖 먹던 힘 다하여, 수차례 승리를 거둔다

그러나 복상골 전투에서 왜군의 기습으로
의병 수십 명이 피체되자 황성신문이 알린다
남은 모두 진에서 이탈되고
청년 권용일도 이강년의 본진에서 뒤쳐진다

미국 주식이 휴지 조각 되고
태평양 바닷물에 밀가루 자루를 풀었다는 소문,

해가 바뀌어 백남규와 군사를 모아 본진에 합류한다
안동 서벽, 봉화 내성 재산에서 적을 무찌른다
이강년은 까치성 전투에서 발목총상을 당하고
전사자가 늘어나자 결국 부대는 막을 내린다

조국은 거센 파도에 휩쓸리고 만다
1908년 10월 1일 서대문형무소 제1호 형장의 이슬
이강년,
청년은 가명의 신분으로, 평리원에서 심문받는 이강
년을 면회한다
이 나라 독립의 후속 대안을 세우고 한반도의 이념을 키운다
이강년의 주검까지 옥바라지한
청년 권용일,
『청풍일기』*, 『정미왜란창의록』**으로 일일이 남긴다

내 이름을 지어 주었다는 나의 외조부 그가
건국훈장 속에서 나를 건너다보고 있다

* 1971년 ~ 1973년 『충청일보』에 연재
** 계간 《창작과 비평》 1986년 가을호에 게재

신사임당

물수리 한 마리 고층 유리창에 부서지듯 비쳐온다

강물 너머 한순간을
펑, 내리꽂는다
씨알 굵은 숭어를 덥석,
뚫어 낸 수심을 꼭 끌어안고 모래톱을 톺아 오른다
씨알거리는 새끼들 향해 창공으로 솟구친다
새가 날아간 길을 따라 나뭇가지 푸르게 뻗어 오른다
놓치지 않을 저 허기,
버둥거리는 햇살의 근수가 실하다
수익률 고공 행진 갭 투자 레버리지,
대박을 낚았다고
원격 분양 절호의 호재라고
숭어 한 마리 눈독 들이느라 단지가 파랑이다

손 없는 날이라고

계약서에 인감 찍는 사이
투 갭인 날도 있어, 두세 마리 한탕인 날도 있어
치고 빠지다가 낚인 중과 쇠稅,

도미노, 롤러코스터 곤두박질도
스와핑 초고액 전세라면 거뜬하다
강남을 딛을까 마 용 성을 오를까
9호선 영원한 강변,
녹슬지 않는 창槍, 꽂으러 선회하는 사이
태초의 창窓, 물거울 하나 뚫으러
허공의 고가사다리 수직 상승이다
운 좋게 낚이었다고
천정부지 뛸 거라고
막무가내 씨,

물수리는 맨 처음 눈부터 파먹는다

테베의 신전

달빛이 거미줄 사이로 오래된 이마를 비춥니다

술래잡기 숨어들어
광주리 풋복숭아로 잠든 나를
호롱불 밝혀 비추시던 그 날이듯,
잎사귀 내린 별빛 고스란한 솜털로
너울처럼 내려앉습니다

간간이 어머니가 뒤척입니다

침상 모서리로 뻗어 올라온 링거가
어머니의 과원을 키웁니다
주렁진 꽃 문 파고들어
달고 물진 향기 번지던 자리
나는 열매 속을 다 파먹었습니다

발목에 간직했던 하나 남은
복숭아 씨앗을 마저 심으며 걸어 나가는,

무지개 뜨는 생生의 중력에 관하여,
이파리 푸른 무늬 그리움의 기원에 관하여
까끌한 터럭, 씻김의 순한 내력에 관하여
고개 더 숙여질 때

따끈한 미음 한 사발과 턱받이, 수저 한 벌로
식탁을 차립니다
손가락 끝으로, 가만히 꽃잎 벌려
미음 한 수저 떠 넣어 드립니다

오므렸던 입술에서 분홍빛 수밀도水蜜桃 향香 번져
옵니다

꽃잎 붉게

—기소불욕 물시어인己所不欲 勿施御人*

화선지 위로 핏방울 퍼붓던 날
당신은 태어났지요
앉은뱅이 서당 훈장이 천자문 불태우고
학교로 보냈지요

청년 외조부가 위안스카이袁世凱 앞에 갈 때는
등짐장수로 변장했다죠
상해 정부 고개 넘다 부러뜨린 산삼 뿌리 속
고종의 청병조서請兵詔書 품은 채

충청 경상, 문경 갈평 골짜기에서 매복해
도 선봉대장 화살로, 총으로 왜군을 대파시켰다죠
이순耳順의 가명으로 감옥소 짓는 강릉에 몸 숨기면서
해변 식료품점 과수댁과 혼인했을 때
소학교에서는 우리말 교과서를 몽땅 빼앗았다지요
목숨 다해도 일본말은 할 수 없어 어린 딸의 학교에 가
간떼이 간떼이**만 연발하셨다죠

가발 쓴 일본인 담임은
조선 소녀 볼만 쓰다듬다 현해탄을 건너가고
일본어 학교, 조선말 집안
머리 위로 걸상 들고 무릎 꿇는 벙어리 당신,
고무신 글 제목으로 조선 총독 상을 받았다죠
마루 밑 놋숟가락, 부젓가락, 놋요강,
쇠붙이 끌어모은 대동아전쟁 무기공장 같은
바로 그날

머나먼 소련의 포로 폴란드 장교들,
죽음 같은 하루 노역 끝낸 자리
'잃어버린 시간을 찾아서'
가슴속 프루스트를 강의하고 서로를 얼싸안았다죠
눈앞의 홀로코스트 이슬방울 하나,
써먹을 데 없는 학습도
물이고 생명이더라고, 공부가

끝내 예술로 목숨으로 남던
그날

열여섯 소녀는 해방을 맞아
부친의 고향 땅 제천으로,
지하 방공호에 냉수 떠 놓아 드리며
청풍일기清風日記 써 내려가는
정미왜란창의록丁未倭亂倡義錄 앞에
먹을 갈던 아리따운 포도 연으로,

나는 당신에게 어떤 획으로 남았을까요

당신의 담임목사 모친상에 엎드려 써 내린
붉은 천의 은물, 명정銘旌이던가요
어린이날 가슴에 달아 주던 아사 꽃자리 재봉이던가요

맨 처음 시 한 줄,
시원의 은유는 당신이었습니다

화선지 위로 핏방울 뿌려지던 날
당신은 태어났지요
오늘처럼 꽃잎 붉게 흩날렸을
그날,

* 어머니 생전의 필적, 족자에 쓰인 글귀
** 간단복(원피스)

동화

이제 우리 차례, 너희 셋은 백조야
호수를 책보처럼 두르고 있으면 돼
마을의 깃발은 소낙구름 떼,
모두 숲이 되는 거야

경아야, 삐꾹 모자를 조금 더 돌려 쓰렴
왈츠곡이 나올 거야 꼿꼿하게 서야 해
머리에 쓴 긴 부리 대롱을 조심,
발레 치마에 걸려 넘어지면 다쳐

큰 대문 태희야,
팔을 번쩍 문을 활짝 열어젖혀야 한단다
너의 비유는 열려라 참깨
꿈맞이 동작이야
목젖 다 보이도록 대문 소리를 내렴

비, 찬규야 너는 물레방아에 튀는 물보라
시원하게 웃어야 한다
그러다 물방울로 속살거리렴
그래 잘하고 있는 거야
이제 나래를 접어야지 어서!

동규 대장간아,
황토 가마에 큰불이 있다는 거 알지?
도끼가 달구어질 때 망치를 내리치렴
그러면 숲이 걸어 나올 거야
그때 몸을 뒤로 힘껏 젖혀야 해

너희 다섯은 나뭇잎이야,
몰래 도시락 열어 볼 때 새소리 기억하지
그때 흠칫 흔들려야 하니까

쉿! 아기 코끼리 상우야, 너는 주인공이야
마룻장에 조심조심 발 옮겨야 해
긴 코는 너의 왼팔이지
사과를 쥘 때는 번쩍 들어올리렴
거기까지만 하면 박수 소리가 들릴 거야

그래, 우리는 숲속 대장간의 아이들이니까
백조, 뻐꾸기, 대문, 비, 나뭇잎, 코끼리
다 준비된 거 맞지!
이제 커튼 막이 열릴 거야
5.4.3.2.1!

이 낡은 강당 무대는 달의 기원보다 오래되었지
금빛 액자 속 삐거덕거리는 사진 한 장

동그랗게, 날들이 가고

아이들이 연을 쫓아 달립니다
도랑을 건너뛰고 집들을 지나고 길을 빠져나갑니다
연은 들판으로 구불구불 내려앉거나 나뭇가지나 지붕 위로 떨어집니다
아이는 동구 밖 창공으로 달려 나갑니다

손가락으로 휘저어 보다가 일어서는 아이,
굴렁쇠를 굴려 나갑니다
꽃이 피고 지고 아이가 청년이 되고 백발이 되도록
지구가 비뚤거리며 굴러갑니다
어느 꿈이 한 바퀴 돌다 멈췄는지
걸쇠가 굴렁쇠를 걸어 올립니다
꽃잎 한 장 펴지는 기울기입니다
쩔그렁 굴렁쇠 소리 밟으면
회오리가 번지고 풀밭이 사라집니다
소년이 자욱하게 갇힙니다

둥글둥글 굴렁쇠야 굴러굴러 어디로 가니
내가 너를 굴리는 건지
네가 나를 데려가는 건지
앞서 돌 때 그림자가 희미하게 뒤뚱거립니다
소년이 풀밭에 엎어진 해를 세워 주고
다시 달립니다

동그라미는 어디서부터 그리기 시작합니까
당신에서부터입니까, 나에게서부터입니까
새 동그라미가 부연 길을 털어 낼 때

동그라미 언저리에는 검은 굴뚝 묻힌 공동묘지가 있지

수 세기 전의 소년이 멀리서 돌아오고 있습니다
일곱 살 소년이 새로 그린 동그라미 속에서 일어섭니다
풀밭을 가르며 길을 푸르게 뚫어 갑니다
새로 사 온 어항처럼 소년을 들여다봅니다
동그란 손뼉이 유영합니다
어항 안으로 까맣게 씻긴 눈빛들 몰려다닙니다
걸쇠를 풀고 달려 나오는 소년의 깃털에
꽃씨가 촘촘합니다

4부

알래스카 어린 왕자

음모가 싹트는 잔인한 땅

얼마나 더 음모해야 아메리카를 응모할지,
대륙과 대륙 사이를 걸어서 건넜다는 옛사람들,
서아시아에서 알래스카로 흘러간 별자리
잘못 든 길을 해산했네
어둑한 등잔불 밑에서 아기를 낳아 업어 길렀지

닉은 곰 가죽 강보에 싸여 걸음마를 배웠네
포근한 등을 두고
떠나올 때 묻고 온 아버지 시신
미국 박물관 유리관 속에서 보네
살을 발라낸 전시,
뼈의 형상대로 설원의 맥이 찢긴 아버지는
피 묻은 지층이었네,

등골 서늘한 그 땅에서 어린 왕자는 음모에 휩싸였네

구름은 구름끼리 안개는 안개끼리
모두가 음모, 모두가 밀 당이라고,
내보이는 순간 송곳니를 드러낼지도 몰라
아메리카의 구름 속은 음모를 응모하느라
모자 속에 우리를 숨겼네

응모작을 음모작이라고 오독 하는 날,

라쇼몽*, 그날의 외계인 만수 1
—베르됭전투**, 제1차 세계대전

포탄이 참호의 정면으로 빗발친다
불 밭에 찢기는 기관총 소리
대포 박격포탄, 독가스

베르됭 하늘 발광체 속에서
유유히 내려다보는 외계인 만수

독일군이 다시 공격
포탄에 철모 숙였던 프랑스군 반격하고 있다

8개월을 밀고 밀리다가
젊은 뼈가 뒤섞여 쌓이는구나

정의를 지키겠다 전장터로 어깨동무하더니
지옥 불구덩이로 떨어진 순진무구한 얼굴들

명문 에콜 노르말 1914 학번 211명 중 107명 사망
세기 인재들이 주검으로 환산된다
제 발로 나온
작가 샤를 페기[***]도
결국 이마에 총을 맞는구나

그래, 두오몽[****]의 묘지와 납골당을 보아라

이 소모전은 저절로 참혹한 게 아니다
누가 왜 일으켰는지,
발칸의 파도가 높이 치솟아서라고도
게르만의 우월이 어찌 되었다고도
세르비아 청년이 오스트리아 황태자를 암살해서라고
도 하지만,
도대체, 왜?

두 명 중 한 명은 죽거나 수족 잘리거나 안면거상

백 년이 지난 오늘,
비행접시가 공중에서 소리 없이 떠 있다
본Beaun의 고성에서
서로의 마중에 양국 영수 악수 뜨겁다

향기로운 고성의 잔이 포도나무 가지마다 넘치나이다

외계인 만수가 고개를 기우뚱,
저절로 취한다

웜홀이 다시 열리고 있다

* 기억의 왜곡 현상
** 독일은 파리를 향하던 슐리펜 작전이 실패하자 1915년부터 전선이 교착되었다. 북해에서 스위스까지 전선에서 양측병사들은

참호를 파고 대기했다. 러시아와의 동부전선에서는 승리를 거두었으나 프랑스·영국과 맞선 서부전선에서 옴짝 못하고 방어태세를 취했는데 여기서 벗어나려던 작전을 말함

*** 프랑스의 작가, 시인, 수필가이자 예비역 장교

**** 베르됭의 요새로 1차 대전 최대 묘지, 1차 대전(1915~1918) 4년 동안 약 1,000만 명 희생됨

사과를 깎는 시간

사과를 깎습니다
붉은 껍질은 꽃이 흔들리며 망설였던 거리입니다
피울까 말까, 시간의 굴레가 영글었습니다
씨앗의 일가들이 칼날을 지나 흩어집니다
푸른 그림자 속으로 뿔뿔이 흩어집니다

사과를 깎습니다
우리의 둘레를 깎습니다
향기는 공감각적 두께로 앉은 벌레 소리입니다
잎사귀 사이로 내린 별빛이 고스란히 부서집니다
대롱거리던 표정과 비바람에 사정없이 흔들린 시간
이 잘립니다
사각사각 일가들은 잘도 헤어집니다

사과를 깎습니다
귀에 익은 발자국 하나가 멀어집니다
칼날이 스쳐 간 자국, 그 아래로
멍의 둘레를 따라 나는 고요히 걸어 내려가 봅니다

아주 사소한 이파리 하나가 붉어 가는 사과의 볼 위로 나볏이
스쳐 내린 길입니다

라쇼몽, 그날의 외계인 만수 2
—그들은 자기 묘지를 선택하지 않았다*

상공에 오렌지빛 뚜렷하다
외계인 만수, 그물코 조각상을 내려다본다
사이사이 청동 얼굴 23개
퍼드덕거린다

빛을 향해 더 가까이 와라
운명의 그물, 역사의 거미줄이여

돌격은 무모했다
프랑스군 12만 명 희생
본보기 총살** 희생자도, 반란자도
조각상에 얼굴을 드러냈다
그들을 왜 기리어야 하느냐
두 차례 훼손
결국 도난 사태

쾨른[***]은 다시 작품을 제작한다

휴식 없이 최전선 복귀명령,
탈영, 반란으로 스물에 한 명 붙잡혔지
전쟁이 참혹했기에 승리를 염원한 거야,
무의미한 목숨 세례에 진저리쳤지

500명 사형선고,
그러나 장군은 목숨을 살리고 미군이 올 때를 기다렸지
독일군도, 동부전선 러시아군도, 이탈리아군도 수십
만 명씩 탈주했다고
병사가 장교에게 총을 들이대기도 했다고

무고한 병사를 두고 열에 한 명씩 본보기 사형이다

독일이었다가 프랑스가 된
알자스[****] 지방,
독일군 참전이었다가 프랑스군 참전이었다가
헷갈리며 출전한 시신 모두를 한꺼번에
죽은 자들에게,
묘비에도 끼지 못한 채
죽어 차별받았으니
오늘에서야 참전자 이름으로 다시 새겨진

그물코에 사로잡혀
그날의 총소리
그 사이를 지나고 있다

푸른 영혼이여 자유하라

11월 11일 11시,
세상이 모든 참전자에게 명복을 빈다

덜그럭, 손가락 나사가 주춤
멎는다
간전기 이다, 쉬어야겠다
시간의 인력권에서 벗어나려 외계인 만수가 터빈 속
도를 올린다

* 제1차 세계대전 100주년 기념 조형물

** 1917년 러시아혁명이 터지자 동부전선 러시아군이 빠지고 미군이 참전 대치됨, 프랑스 니벨 장군은 미군을 기다리지 않고 산꼭대기 적을 향해 총공격 지시, 병사들 사기 떨어져 3만 명 탈영, 113건 반란, 군 지휘부는 병사 10명 중 1명씩 임의로 골라서 본보기 사형시킴

*** 슈멩데담 전투를 기념하는 박물관에 세워진 참전용사 '그들은 자기 묘지를 선택하지 않았다' 추모 조각을 만든 프랑스 조각가

**** 1차 대전 때는 독일 영토였으나 그 후 프랑스 영토로 바뀜

거미와 진동

투명한 저녁은 정물인데
아닌 듯 거미줄이 눈앞을 미끄러진다
주르륵, 고공을 늘이다가
번쩍, 외연을 들어 올리는 놀빛 한 가닥,

저녁 거미가 내려오는 날은 창마다 우화寓話가 생겨난다는데

가렴주구 고지서다
내 동공이 별안간 커졌다

너도 잠시 발이 삐끗, 허둥거렸겠다

동짓달 만수

창밖으로 밭두둑이 지나가고 가교 위로 구름이 질주한다
물결 너머 한 움큼 아파트가 밑그림처럼 열어지는 정오,

갈대 한 무더기 채찍에 쓰러지듯 일어서고,
일어서듯 쓰러진다 조국의 산하를 치켜들고
낮게 엎드려 포복이다
아래에서 위로, 위에서 아래로
수없이 굽혔다가 일어서며 독립 만세 외친다

뿌리는 끝내 줄기를 놓아주지 않는다

동지 해가 눈밭에 고드름을 꽂고
흔들린다
삭아가는 그림자
구붓한 바람에 지척거린다
수없이 넘어지고 일어설 때

쑥부쟁이 제 살을 헐어 내며 흔적을 받아 내고 있다

또 다른 세계가 틈을 비집어
창 안에 잔을 부딪는 소리
포크 내려놓는 소리
두런거리는 말소리
누군가 들어서는 발소리
의자를 밀고 당기는 소리

솨 아, 만 수

정유재란 때 하관한 무덤에 가묘를 써 두었던 만수도
동학 때 녹두밭에 눈물 떨군 만수도
비무장지대 철조망에 붉은 갈기 걸어 둔 만수도
거기 있다 여기 있다 저기 있다
불어오듯 깃발을 흔드는 갈대
넘어지며 채이며 기도하듯

일어선다

소름이 무성하다

동무

나는 어쩌다가
투둑, 머리 위로 붉은 자두알 떨구는 언덕을 넘고 있는가
조붓한 풀 섶에서 흙 알갱이 사이로
윤기 나는 것들을 가만히 들여다본다
햇살 독차지로 달아오른 뺨, 향내 발그레하다
나뒹구는 것들은 사연이 있다
꼭지가 놓아주었거나 벌레통이거나
자두알은 스스로 던져진 줄 모르고
살진 단물을 한낮에게 내어 주고 있다
손바닥 위에 자두알 올려 놓는다
심장을 대어 보듯 가만히,
저 혼자가 아닌 몇 알이 함께 두근거리는,
이 새곰한 오솔 언덕이
어깨를 겯는 까닭은
제 갈 길 건네받을 지긋한 손바닥들
언덕 아래, 저편에서 기다리고 있기 때문이다

만수 의병일기

-1896년 병신년, 음력 2월 16일(양력 3월 29일)

봉화 태봉胎蜂산* 자락에 마른 가랑잎이 일제히 양철 소리로 날아올랐다 바람은 앙상한 가시나무 앞에서 부르르 떨었다 나는 분질러진 나뭇더미 속에서 두 손으로 얼굴을 감쌌다 우군이 북을 치며 고함을 지르고 화약 한 근이 떨어져 가는 동안, 왜병 한 명이 죽자 적군은 물을 건너 떼로 들이닥친다 열읍의 의병진 열두 명이 모두 흩어져 버렸다 나뭇잎이 흩어지고 별이 흩어지듯, 적군이 차지한 한양漢陽, 북녘의 검은 하늘에서 쩍쩍 금이 가고 있었다 나는 숨죽인 채 병참 앞 천방 아래 바닥을 엎드려 포복해 앞으로 나아갔다 골짜기를 메우는 말발굽 소리가 지축地軸을 울려왔다 갈대밭 사이로 나의 앞서가는 촉각이 결기結己를 세워 갔다 이제 마지막 남은 내가 할 수 있는 일이란 이 능선에서 능선으로 버티어 내는 것, 군화 발소리에 진저리칠지라도 기슭에서 한 발짝도 물러설 수 없다 등

뒤로 마을 모시전茅市田[**]의 지붕들이 그을음에 들먹거렸다 호랑이 아귀 찢으며 으르렁대는 먹구름을 뒤로 하고, 나는 독사처럼 이 산에 똬리를 틀고 지켜 설 것이다 먼 데서 온다, 적들은 낮게 엎드린 채 기어 온다 한쪽 눈을 감고 천보총千步銃[***]의 총구를 삭정이 가지 끝처럼 기울인다 무릎 밑 화약 두 근 중에 한 근이 그대로 기다리고 있다

- 1896년 병신년, 음력 2월 21일(양력 4월 4일)

창의대장 금석주가 1월 25일 안동의진 들어갈 때, 말 탄 사람 예닐곱과 포수 십여 명이었다 태봉 전투 승세를 타고 의병 진압에 나선 왜병은 2월 19일, 예천을 거쳐 2월 20일 봉정사 안기역에서 안동 의진을 추격하여 공격하였다 의병의 소굴이라며 안동 시가지에 불을 질러 민가 일천여 호를 불태워 텅 비우니, 대장 중군과 진에서 출동한 집사와 포정 칠십여 명이

있을 뿐이다 군량미를 마련할 길 없어 향교의 봉정封正과 투기한 2석, 강학소講學所의 먹이 2두를 끌어다 소금 2두로 주먹밥을 지어 먹고 술 두 동이를 사서 마셨다 허기로라도 비수의 날을 세워 나라를 지켜 내야 할, 순망치한脣亡齒寒의 행세를 의義를 따라 죽음으로서 갚을 수 있겠다 의진 간에 힘을 합쳐 들고 일어서야 한다

* 경북 상주시 함창읍 태봉리에 있는 산, 1894년부터 일본군 병참부대가 주둔해 있었다

** 현재의 경북 안동시 서후면 태장리 저전리 일대를 이른다

*** 1729년(영조 5년) 윤필은이 발명한 총

북항의 유예

틈만큼 서먹한 말이 또 있을까

커튼 아랫단 시접에 반지를 숨겨 두었다
여자의 틈은 부드럽고 성글어 바람결 순하다
맞물리지 않고 소소하다
고독은 헐겁다

기댈 언덕 하나쯤 가졌다는 걸까
스쳐 가는 생을 슬쩍 접어 둔 은밀한 바소쿠리,
처마 끝 거미 한 마리에게 며칠 아름다운 지분을 내어주는,
어긋난 선과 면 사이 물려 있는 허공을
여자는 오래도록 응시하고 있다

틈은 기울어질 때마다 그림자를 다독인다

민들레 뿌리 고운 눈시울이 환한 틈새,
벌레 틈 없는 자두알이 제 살진 단물을 흘리고 있다
풀섶에 기는 작은 벌레도 치레 깃 세울 겨를 있을까

그는 돌아올 줄 모른다

간극은 혈이 되기도 한다
끊임없이 갈마드는 세찬 물결에 속절없이 허물어뜨
리는 바닷가
여자는 있다

수많은 발길을 포말이 씻어 내고
밤바다는 장대한 철석임을 귀 틀어막는다
고대의 용왕들이 몰려드는 웅성거림,

연緣을 관통해 가는 촉의 근원은 사랑이다

베란다 밑으로 파고드는
살아 있는
닳지 않는
이빨을 가진 파도 머리,

틈은 늘 기다림을 노린다

동백 강강술래

임진의 달빛은 묘사가 없어서만 간결한 게 아니다

동백 숲, 꽃송이 떨구는
순간의 공중
한 줄거리 덕후德厚다

고을 면장을 두 여인이 사랑했다
아깝다 그 꽃, 가련타 그 꽃

강강술래 동백 꽃잎 찰나의 대열에 든다

정월 대보름 길쌈 삼던 마을 아낙들
손에 손을 맞잡아 품은 달 같은
사붓거리는 치맛자락 같은
원시原始

동백꽃 둘레 달무리보다 둥글다

달밤의 일성호가 한 곡조 강강술래 후미를 파고든다

동백꽃이 지는 것은 당신 때문이다

달 떠온다 달 떠온다 동해동천 달 떠온다
저야 달이 뉘 달인가, 방오방네 달이로세
방오방은 어데 가고 날 오는 줄 모르는가
강강술래 강강술래* 강강술래 강강술래

동백이 진다 동백이 진다 동백이 진다
풀자 풀자 덕석을 풀자
풀자 풀자 덕석을 풀자

받을 소리 바닥을 껴안는다

벽파정 앞 명랑에서
동백나무꽃이 지네
꿈쟁이 마을 강강술래 터
떡 절래 할매들
태초의 돌팔매질 같은
망금산 감감 수레 중머리 연淵 군대 휘장 같은
동백꽃 송이송이 굽이굽이 휘돌아 에워싼다

임진壬辰의 적선들 줄행랑치거라

동백 선혈 대첩이다
울돌목의 간결한 대첩이다

* 진도 강강술래 가사

강가에 정자가 있었다

별시 급제도 물결로 띄우던 초막자리
산기슭 머루 넝쿨 어둑한 망초 그늘이 포도 연 빛이다
죽어서도 봉분 없는 평전 수굿하다

눈발 희끗한 어둠 속 마구처럼 포만한 바람의 의기
산 짐승 울음 고이고 둥둥 북소리 쌓여 온
생솔가지 꺾이는 호령 소리 장검이다

오늘, 줏대 없는 덤불끼리 햇살 등진 그늘을 에워쌌다
철 따라 잎을 틔워 제 문패 호명받으며
애당초 얼기설기 움츠렸던 혈기
마른 줄기 뚝 꺾으니 가늘고 푸른 맥이 연연한 숨길
이다
송이송이 불꽃 근육 키워 온 물길이다

산정마다 붉은 비단 도포 자락 천하 무법 유격이던
뿔피리 소리 길게 난데없는 벌통이던
군량미 없는 작전이 매복으로 숨죽이는 칩거다

강가에 반 평 그늘 벽 곡의 나부낌
사위어 드는 게 아니라
돋아나고 새겨진다
붉게 피었다 져 내린 꽃자리,
빈집이다

월레 소잉카[*] 섬초롱

—소녀상 앞에서

이제 맨살로 당신의 밥이 되어 드리겠어요
활짝 폈으니 나를 따서
포도 으깨고 칡즙 내어, 따로 밥에 비벼
꽃 속에 밀어 넣고 있습니다

지나간 아프리카 말고 동방의 아침 되어
중국 난징 왕석 의열단도
난데없는 게슈타포[**] 입막음도
저 멀리
전범戰犯 괴링[***]도
따순 밥이 되어 드리겠어요

낯선 바람과도 쉽게 어울려 자줏빛 왕관이 되는 꽃들
세계사의 바깥을 연습하고 새날에 점을 찍네요

그 한 움큼을 따다가

밥솥 가득 쌀 안치고
봄까치꽃 헤쳐 따온
꽃마리 된장국도 끓이겠어요

내 원래, 월레 소잉카
아, 아프리카
나 이제 삼천리 울乷, 해 뜨는 아침
들불이 번져오듯

맨살로 당신의 밥이 되어 드리겠어요
오래오래 곱씹을 오늘이니까요

* 나이지리아 시인 소설가 극작가(오브 아프리카)
** 나치스 독일 정권의 비밀국가경찰
*** 독일의 정치가, 나치스 당의 영수

그곳

멀리 걸었다 닿지 못한 그곳으로 가고 있다 산이 언덕 되고 모래가 되고, 나무가 피고 지고 태양과 달이 바람개비처럼 돌아가는 길, 가고 또 갔다 누군가 뒤에서 부르기도 했다 다리를 끌고 절룩이며 빛을 따라 걷는다 질병과 고통이 뻗어 나오는 제단 아래에서 울음이 다시 태어나고 길은 계속되었다 외롭지 않다 마지막 남은 두개골 흔적에 말간 하늘을 담았다 세상은 연리지, 나는 바람에 이슬에 몸 내주며 오래도록 걷는 것이다 그 닿음에 대하여 스러지며 깨닫는 사람

외따로이 버티고 선 돌을 괴듯 흩어지는 햇살, 이것이 숨결이라 했다 한때 꿈길은 낭떠러지였으나 물자락 여위듯 말갛게 흘러야 했기에 두렵지 않다 시취屍臭를 들이마신 명아주풀이 돋고 있다 여린 바람결이 슬픔에 겨워 하루해를 어루만진다 옛 돌이 제 그늘로 길 가는 이의 얼룩을 천천히 읊조리고 있다 지나간 기도와 내 앞의 무수한 기도가 끝없이 걸음을 옮겨

오는 시간, 휘돌아오는 들판이 푸른 옷고름이듯 풀린
다 강가의 고인돌 자리에서 발걸음 멎어 있다 북방사
람 청상靑孀의 시모님 중얼거림 같은 시, 아름다움, 낭
만, 사랑이 순례해 온다 청려장靑藜杖*을 만지작거리듯
사뭇 닿아 보려는 현오玄悟 자락이라고……,

* 명아주로 만든 지팡이

작은 유리창을 눈에 대고,

봉투가 현관문 틈으로 밀려들어 온다
[관리비 고지서 재중]
소녀는 종이봉투를 뜯어 유리창을 눈에 대고 들여다
본다
환하고 싱싱하다
나는 세일럼의 검은 마녀*

엄마가 올 때까지 아무에게도 문을 열어 주지 말렴,

구름 치켜들고 흠 없이 기다란 샛길을 꺼내 올까
긴 머리 날리며 메타세콰이어 소실점을 달려 볼까
숲속의 마술 도면 한 장, 궁리한다

엄마가 다 해결할 거야, 너무 걱정하지 말렴,

아기 사자 달님이 창 안을 기웃거린다
은가래 강가에 떠 오른 구겨진 금박지를 내려다보며
안녕?
혼잣말로 인사하던
건기에 젖배를 곯아 말라빠진,

편백 나무 사이로 회색 길 투명하게 달린다
잡은 토끼를 나에게 양보할래?
숲의 법칙대로,
첫 사냥이니까
틀린 삶은 없다는
반달언덕 할머니 말처럼,

네모난 통창 달린 고지서 봉투,
나무 기둥에 안개 지붕 얹고

레이스 커튼을 드리우면
굽이굽이 걸어오는 아빠가 보일까

아가야, 내다본다는 건 정성으로 꿰뚫어야 한밤중도 보인단다

엄마는 아직 돌아오지 않는다
현관문 가운데로 뚫린 동그란 열쇠 구멍이 부풀어 오른다

* 마리즈 콩데의 소설, 『나 티투바, 세일럼의 검은 마녀』에서 가져옴

해설

해설

시인의 품격만큼 과거와 현재를 사유하는 빛나는 여정

— 광명한 등을 켜야 할 것이어서 —

송병호(시인·평론가)

시인은 모든 사물을 감각하고 그 감각을 시언어로 드러낸다고 했다. 사물은 움직이고 변화(진화)하면서 일탈하고 이반하므로 시인이 감각하는 감각과 정황에 따라 경험하고 사유한 그 무엇을 언어라는 사이에서 간극이 발생한다 하겠다. 더불어 그 간극을 기록하는 시인의 언어가 자기 시를 정의한 논리, 즉 시는 시편이지 시론(서평)이 아닌 것이다. 그러므로 시는 서평(시론)과는 달리 시인의 사상이며 자유이다. 이러한 시인의 사상과 내외적 세계를 필자로 하여금 한 줄 서평으로 대신한다는 것은 어쩌면 시인에 대한 무례일지도 모른다. 그럼에도 시인이 드러내고자 하는, 내보이고자 하는 시편의 대상을 통해 이미지화된 화자의 실체적

발현과 미학적 가치창출의 조화를 요만한 식견으로 촌평하는데 그칠 따름이다. 따라서 한 권 분량의 작품을 만나고 그 중 몇 편의 시가 품은 기이한 황홀감에 빠져드는 극히 편파적이고 단편적인 촌극의 객석에서 몇 편의 시편을 서평의 여백으로 메우고자 한다. 그리고 나머지 또 다른 시편은 빈칸으로 남겨 둔다. 독자의 칸이라고 하자.

지난 2월 말 늦은 오후, 심상숙 시인으로부터 직접 원고와 함께 서평을 의뢰받는다. 너무 뜻밖이어서 생각할 여지도 없이 원고 봉투를 받아 드는 오판을 하고 만다. 다음 날 "어쩌랴"하는 체념으로 원고를 열어 몇 편의 시편을 넘기다 그만 덮고 커피를 내린다. 차라리 전혀 모르는 시인의 시를 읽으면서 시편들이 마음에 와 닿으면(설령 닿지 않을지라도) 나름 내 주관에 맞추어 판을 재구성하기도 하고 뭔가 그림을 그려볼 텐데, 그리고 시적 조각 작품이 완성되기까지 이른바 시인의 페르소나persona를 상상해 보고 뭔가 발설하지 못한 숨겨진 비밀을 캐내고자, 그렇게라도 해 볼 텐데, 도무지 그것도 아니고 도리어 내 감춰 놓은 어설픈 문학적 지식이 단번에 들킬 것 같아 솔직히 몸을 사리기도 했다.

시인과의 만남은 10여 전으로 거슬러 올라간다. 특별한 인연은 지역 제일의 문학단체인 이너써클로 참여한 특별한 인연과 19집을 낸 동인으로도 활동하고 있다. 필자에게 시인은 '겸손이 생활처럼 배어 있는 온화한 성품의 큰누님 같은, 그러나 사리에는 빈틈이 없는 그런 시인'으로 각인되어 있다. 시인은 세월의 연륜과 무관하리 만치 신춘문예와 전국 공모 문학상을 여럿 수상한 것처럼 과거와 현재를, 시始와 종終을 아우르며 일상의 사물로 하여금 시적 대상의 본질을 끄집어내 그때그때에 따라 문체를 배석시키는 특출한 수단을 활용한다. 또한 시인은 소개될 아래 시편에서 보듯이 조심스럽게, 단호하게 겹눈의 시선으로 우리가 살아온 역사적 풍상을 돌배나무 간지簡紙를 빌어 목간木簡에 새긴다.

돌배나무 잎사귀 사이
해마다 자전과 공전 중인 열매가 맺혀 있다
잎맥의 무늬들,
계절을 새겨온 목간木簡이다

壬辰年임진년, 稻도, 벼 한 섬, 大豆대두, 콩 두 말 석 되,
느티나무골 묻혔다가 발굴된 나무 조각이
이제야 이 오후에 드러난 거라고

사람이 나고 죽고, 나무들이 스러지고 돋는 동안
숨들이 묻히고 숨결이 트이는 동안
돌배나무는 수천 년 햇살의 요철로
한 자 한 자를 제 안에 들였을 것이다

달의 앞면만 볼 수밖에 없듯
돌배나무 열매도 무성한 잎 속에서
칠흑의 뒷면을 가졌으리라
우주인이 달의 앞면을 탐사할 때
사령선 타고 뒷면에 머물렀던 마이클 콜린스처럼
오직 신과 혼자인
열매의 궤도를 생각해 보는 것이다

지금도 지구는 사막으로 더 넓게
에둘러 부서지고 있는 중이다
가뭄, 테러, 바이러스로 짓물러진 이 한낮
돌배나무 간지簡紙 잘 다듬어
고택 후원 속살로 묻었다가
다시 발굴되길 기다려야 하는지

돋아난 잎사귀 그늘에서 나지막한 언덕이 넘실거리고 있다

돌배나무가 제 과실을 떨구는 건
어록을 내게 내어 주는 일이다

그리하여 서로 염려하고 사랑했다, 라고
나는 지구의 시간 속
오늘의 간지干支로 묻혀 가고 있는 것이다

—「돌배나무가 건넨 목간木簡」 전문

하얀 봄, 꽃은 우산살처럼 화서花序로 피고 열매는 금빛으로 익는 돌배나무, 자기보다 대행의 삶을 사는 대목(접목)으로 더 많이 쓰이는 돌배나무에 이처럼 간결한 시언어를 버무려 역사적 고전 한 페이지를 현대적 감각에 접목시킨 윤회적 순환을 생각하게 하는 시인의 시편은 과거의 기록이 아닌 현재를 풀어 가는 깊은 사고를 지닌다. 그와 같은 역사적 연장선상으로 "청년 외조부가 위안스카이袁世凱 앞에 갈 때는/ 등짐장수로 변장했다죠/ 상해 정부 고개 넘다 부러뜨린 산삼 뿌리 속/ 고종의 청병조서 품은 채"(「꽃잎 붉게—기소불욕 물시어인」)처럼, 이러하듯 참으로 가슴 아린 고증은 차라리 아름다움으로 승화되어 비상한다. 시인은 그 아름다움의 절정에서 생과 자연에서의 생물과 사람들로 극히 일부의 정황을 장엄한 현장스케치로 무뎌진 인식을 일깨우고자 하는 역력한 고뇌가 곁들여 "한 자 한 자를 제 안에 들인", 이런 점을 생각할 때 시인에게 습작은 극지의 정황을 극복하는 외로운 작업임에 틀림없을 것이다.

이처럼 시라는 것은 '의외성'과 '예외성'으로부터 탄생하는 이야기가 현실 앞에 놓인다는 것을 의미한다. 이런 유형의 현실은 목적이라는 길목에서 독자에게 질문을 던진다. '픽션이냐', '논픽션이냐' 하는 「라쇼몽, 그날의 외계인 만수 1」이나 부제를 단 「베르뒹전투, 제1차 세계대전」의 양립 속에서 우리가 찾아야 할 정답은 없다. 역설적이지만 시인은 역사가는 아니다. 그러나 시인이 가진 상상을 수습하여 정돈하는, 생각의 폭을 넓혀갈 수 있도록 그다음 이야기가 더 궁금하고 재미있을 "우주인이 달의 앞면을 탐사할 때/ 사령선 타고 뒷면에 머물렀던 마이클 콜린스처럼" 시인의 표현대로 정작 달 앞면의 닐 암스트롱이 주인공이 아닌 것은 결국 살아서 포착의 순간을 사실로 정립할 사람은 마이클 콜린스라는 것에 더 크고 깊은 관성에 주목한다. 수백 년 혹은 그 이상까지도 "간지簡紙"의 간지干支로 묻혀 있다가 언제인가 운 좋은 날, 시를 대하는 운 좋은 독자에 의해 "칠흑의 뒷면을" 밝게 밝힐 것이기 때문이다. 운 좋은 날에

맞이하는 충만은 그냥 '비움과 내려놓음'의 '틈'에서부터 제막될 것이다. 이런 중에 "용산행" 전철은 그 시간을 예비하는 민방위훈련 중이다.

용산행 전철이 눈앞에서 간발의 차이로 쓸려 나갔다

이촌역 화장실에서 기다리고 있다는 너,
곧 내릴 거야 했는데 환승도 못 했고 요의는 바빴다
나의 즈음은 여전히 승강상태

그림자 몇이 질금거렸고 역사는 광택에 절었다
도쿄 어느 유원지 화장실 줄에 끼어든 것처럼
호텔 조식 야채접시 비운 물이 하의에 쏟아지려는 것처럼
다음 열차를 기다리는 것이 왜 이리 길고 뜨거운지

대학원 졸업식장 객석의 분위기에서도 버텼는데
꾹 참고 하이힐로 뛰어 정시에 출근도 했었는데
자명한 것은 이쯤 가지고 죽거나 병날 일은 아니라는 것

아 그래 이촌역 화장실로, 그래 거기
그것만 생각하고 있을 때

바람을 갈기며 전철이 다가왔다

용산 이촌 사이를 쇄쇄 달리는 차창 밖
슬레이트 기와지붕들 줄느런히 그늘을 괴고 있다
향방도 없이 참고 버티는 건 지루한 출구
폭탄을 이리저리 돌리듯 안절부절 다리를 꼬았다

이촌역 화장실은 바로 눈앞,
박물관 쪽 레일 위로 몸을 얹고 숨소리 삼키는 즈음
이제야 그를 찾아야겠다는 즈음

맞은편 레일 위로 미끄러지듯 다가오는 그,
나와 엇갈리고 있었다
어어, 하는 사이
친구의 이름이 시원스레 뉘어졌다

—「즈음과 요의 사이」 전문

사이는 틈이 있고 틈은 사이 곁에 머물다 사라지고 만다. 그곳은 공간 같으나 실상은 진한 압박과의 전투가 있다. 실제로 문학작품에서, 작가의 개성을 드러낼 수 있는 형식이

나 구성의 특질이나 특성은 무한하다는, 그 사이에 우주가 있다. 따라서 시언어는 가장 높은 상위에 위치한다. 낮은 해가, 밤은 별이, 그 중간에 달이 있는 것처럼 그리고 오는 길과 스쳐 가는 길과 머무는 길이 있다. 그 장소는 그냥 사유일 뿐이다. "용산행 전철이 눈앞에서 간발의 차이로 쓸려 나갔다"는 그 간발의 차이를 비운 틈, 시인은 이런 공간까지도 이미 다 채워간다.

"무념, 무취, 무상의 행간/ 돌개바람 사이렌 소리가 이역의 근량이다/ 달리는 차선이 기우뚱"(「시냇물 버킷 리스트」) 흔들리는. 실제로 현대의 일상이라는 것들이 각각의 독립된 삶의 집합체라는 것으로 일반적이다. 자유스럽다. 하지만 보이지 않게 시간에 쫓기고 돈에 쫓긴다. 당연한 것들이 거추장스럽게 여겨지고 오히려 신경을 써야 한다. 누구만이 겪는 특별한 일이 아니다. 그런데 왠지 서러움이 감지된다. "다음 열차를 기다리는 것이 왜 이리 길고 뜨거운지" 그 허전함. "이촌역 화장실은 바로 눈앞"인데 "맞은편 레일 위로 미끄러지듯 다가오는 그" 그 열차는 "나와 엇갈리고 있었다/ 어어, 하는 사이/ 친구의 이름이 시원스레 뉘어졌다" 그 충만함! 오래전 혈압약을 복용하고 외출할 때마다 경험했던 어머니를 그립게 한다.

심상숙 시인은 시편에서 대부분 시를 쓴 계기를 암시적으로 드러내는 매체 대상을 맨 앞에 배치하는 경향이 있는 것 같다. 맨 앞에 실린 연에서 전체를 읽을 수 있다. 아마 오랜 교직에서 얻은 시인만의 섬세한 애착이 아닐까? 첫 문장이 매우 돋보인다. 이런 유형은 시인이 시세계를 열고 확장해 가는 시적모티브를 자신 있게 추적하고 있음을 의미한다. 철저히 계산된 기교는 그래서 낯설다. 독자로 조울증을 앓는다. 남극에서 북극으로 가는 거기, 적도의 어느 무풍지대에서, 전철역에서의 익숙한 조명은 허탈과 충만한 빛과의 사름이 공존했을 것이다. “어어, 하는 사이” 그 비좁은 틈은 탈출을 도모하고, 그 비좁은 사이, 새것이 출산한다. 고통보다 아름다운 자유의 호흡이다.

“행화杏花 장례 삼일장, 조문 가능
예술로 목욕하며 마지막 순간의 때를 밀던 분들과 함께
기억합니다.”

이날의 상차림은 ‘반신욕 라테’
목욕 대야에 받쳐 나오는 때수건 컵 받침,
슬픔도 핫플레이스에서는 후후 불어 마셔야 한다

여탕에서 올 댓 재즈, 세신사의 노랫소리에
벽 너머 남탕에서 박수가 나왔다는
작은 굴뚝 사이로 벗은 몸의 청중들

빛바랜 행화杏花 타일 조각이 기억을 상영한다

—「행화杏花 부고訃告—아현동 63-11번지」 부분

19세기 프랑스 바르비종파의 대표적인 사실주의 화가로 그는 가난하고 빈곤한 농민의 일상을 숭고한 터치와 단아한 해석으로 표현해 냈다. 그 이름만으로도 유명한 프랑수와 밀레다. 그는 말하기를 "나는 불행하게도 일생 동안 전원 밖을 살펴보지 못했으므로 내가 본 것을 솔직하게 능숙하게 표현하려 할 뿐입니다."라고 자기 그림에 대하여 자평했다고 한다. 전해지는 말에 그가 욕심내지 않고 소박하게 살았다는 것이 가난의 이유였다고 하니 그런 이유만으로 궁핍한 삶에 시달렸다는 말은 설득력이 부족하다.

심상숙 시인의 시편을 읽으면서 요만한 내 지식으로 밀레를 생각하게 한 것은 시인의 작품이 밀레와 같이 매우 사실적이고 소박한 일상과 삶의 진솔함이 시인의 평소 온화하고 겸손한 성정과 맞물려 고집스럽게 전달되고 있다는 점이다. 시언어를 치장하지 않는 것 같아도 사물의 위치에서 끊임없이 관조하고 시언어의 생산을 도모한다는 점도 모든 시편에서 시인의 남다르고 색다른 결이 "붉게 피었다 져 내린 꽃자리"(「강가에 정자가 있었다」)의 색채로 그려져 있다는 것이다. 소개한 「행화杏花부고訃告—아현동 63-11번지」처럼 하루하루 같은 일상이지만 변화를 꿈꾸는 사람들, 어제보다 나은 내일이거나 아니면 더 먼 미래를 바라보는 중간 여백은 오늘 하루의 가치야말로 기막힌 한 편의 드라마처럼 다음을 궁금하게 하는 호기심을 유도한다.

그토록 궁금한 상상 너머를 살짝 엿보자. "여탕에서 올 댓 재즈, 세신사의 노랫소리에/ 벽 너머 남탕에서 박수가 나왔다는/ 작은 굴뚝 사이로 벗은 몸의 청중들// 빛바랜 행화杏花 타일조각이 기억을 상영한다". 너무 사실적이어서 너무 아름답다. 부제 「아현동 63-11번지」의 시끌벅적한 풍경은 매 순간 공들여 살아가고 있음에 소중하다. 평범한 가치가 곧 자신을 개발하는 최고의 가치로 전환된다는 것을 아는 일이므로, 모세의 지팡이에서 꽃이 핀 것처럼 타일의 행화가 죽은 "부고"가 아니라 살구나무에 싹이 트는 "부활"일 것이다. "난산의 자리에/ 어린 손 밀어 넣어 아우를 끄집어낸" 것처럼(「해산하는 여자들」). 인생은 마른 나무가 꽃 피우기까지 순환선에 탑승한 세 뼘의 유랑일 뿐이다. 역설의 더듬이를 활용하여 다음 시편의 진짜 드라마를 감상해 보자.

방문을 열자 페이드인fade in 되는 조연들

자수刺繡 손부채와 항라 주머니가 이마의 미열을 짚는다

땟국 절은 태극기 두 장, 재봉 목공단 국기 집,

당신의 친정 부친 묘소 앞에 엉엉 우시다 영영 못 일어설 듯 휘청이던, 실크 카네이션과 엽서, 갈라선 큰며느리 손편지, 훈과 음을 상형해 둔 노트, 신약을 옮겨 적은 두꺼운 공책, 오래전 금목걸이 한 줄, 절단난 시계, 오만 이천백이십 원 새마을 통장, 손지갑에 접어 둔 현금 삼만 원, 마스크 팩 몇 장

병 수발로 치워 드리지 못한 내간內簡,

무명실 칭칭 봉숭아꽃물 붉은 새끼손톱 허물 같은 건 보이지 않는다

스물일곱 치자물 모시 치마 적삼도, 화랑 담배 은박지 백합도 없다

유치원생 내게 번자네 하숙생 아저씨는 종이꽃 한 송이씩을 전해 달라고 했지

불 꺼진 빈방은 차갑다, 칠흑의 타클라마칸 사막처럼

차디찬 속살 보여 주지 않는 아틀란티스 섬처럼

창밖 만월滿月은 캐러멜 껍질 한 꺼풀씩 달빛 벗겨 내는데

고대도시 유물 탐사이듯 손끝에 검은 재 분분하다

산소통과 오줌주머니 매어 달은 요양병원 수액 걸이처럼,

창가 화분에 노란 카라가 밤을 끌어가고 있다

당신의 백 년 드라마는 방영 중이다

—「백년 드라마」 전문

“자수 놓은 손부채와 항라주머니”가 “이마에 미열”이 담긴 여인들이 내간內簡은 아내의 외로움일까? 아낙의 충정일까? 아니면 애국의 발문일까? 숭고하다. 장렬하다. 이러한 시적 발상은 누구에게나 나눌 수 있는 보편적 질문이 아니다. 시인은 대상의 본질을 시언어의 의미론적 자질이 지닌 미묘한 차이로부터 치환換喩과 압축隱喩의 사유를 통해 어둠을 열고 한칸 한칸 길어 내 밝히 채워 펼쳐 보인다(fade in). 사물을 비유하는 사이 시인에게는 상상력의 소재가 되듯이 수척한 “자수刺繡 놓인 손부채와 항라주머니가 이마의 미열을 짚”듯이 “산소통과 오줌주머니 매어 달은 요양병원 수액걸이”가 삶을 지탱하는 고통까지도 “불 꺼진” 방안은 “고대도시 유물 탐사이듯” 많은 시간과 여러 구간을 허비하지 않는, 마음의 평정을 허락하지 않는다. 하지만 고통의 산고를 송두리째 뒤흔드는 그것이 기쁨이든 통증이든 일상 속의 무미건조한 자신을 흔들어 깨우고 있으므로 “선지 끓인다고 쇠기름 얻어”오고 “고등어 냄새 뒤집을수록 화사"(「고등어구이」)한 만찬이 차림이 되는 자신의 존재성을 드라마 속 거장 피아니스트의 음계와 같이 화려한 터치로 빛내고 있다.

심상숙 시인의 이번 시집도 여러 편의 시가 그러한 통증에서 오는 역설적 산고의 기쁨을 작용하고 가장 충성스러운 원근법에 맞추어져 있다. 사실 신에 대한 이성을 빌리지 않아도 인간은 당당하나 왜소하다. 안타깝지만 인간의 직립은 어느 때부터 짐승의 자세로 몰락해 가고 있다. 사유는 사유의 몰락으로 사상도 신이 주신 자원도, 바이러스 앞에 문맹도 마찬가지다. 그런 이유에서 상징주의의 시인 보들레르의 말처럼 시라는 것이 사물을 전달하는 매개적 작용을 의미하듯이 '삶은 상징의 숲을 걸어가는 것'인지도 모른다. 그런 것처럼 "투명한 저녁은 정물인데" "발이 삐끗, 허둥거"(「거미와 진동」)림을 꿋꿋이 딛고 "우화"로 더 좋을 고통의 "고지서"의 아픔을 기꺼이 감내한다. 그런가 하면 시인의 언어는 비록 "응모"(「알래스카 어린 왕자」)가 "음모"라고 그야말로 지독한 오독으로 읽히는 "음모가 싹트는 잔인"한 상흔에 감춰진 사유의 이성을 밝히려는데 여전히 종영이 예정되지 않은, 예상되지 못할 현재진행형이다. 서정의 음역을 형성하고 있는, 그래서 새로운 풍경과 소리를 쓰다듬고 있는, 시인의 품과 격이 또 다른 모습으로 다가온다. 다음 소개될 시편은 연緣으로 얽힌 인생이 슬프도록 아름답게 묘사되고 있다.

> 허리 굽혀 들여다보는 시금초 덤불
> 회양목 가지를 타고 노랗게 번졌다
> 시금초꽃 한 송이 반딧불로 피어날 때
> 다리 위로 한해살이 태양이 건너고,
> 시금초꽃 한 송이 지는 사이
> 아이가 풍선 끈을 놓치고 만다
> 새애기는 아기를 가졌고
> 어머니는 영영 눈을 감으셨다
>
> —「굴렁쇠 풀밭」 전문

항간에 시가 길면 독자로부터 읽히지 않는다는 것이 은연중에 떠도는 말이다. 유명세를 훈장처럼 달고 다니는 어떤 원로시인의 세미나에서 "요즘 시가 너무 길고 문장이 암호문 짝짓기 같아서 도무지 읽고 낭송할 만한 시가 없다."고 서슴없이 성토한다. 필자 역시 시인의 원고를 처음 대하고 "대체로 길다."는 인상을 받았던 게 사실이다. 그러나 발문을 준비하고자 한차례 훑어보고, 그리고 다시 한번 정독을 거치면서(사실은 여러 번 읽고도) 어떤 시가 길고 어떤 시가 짧은지 편을 가를 수 없다는 것에 이른다. 어떤 것이고 "시간을 들이지 않아도 되는 그럴듯한 음미란 있을까"(「모서리에 피는 꽃」)라는 질문은 어쩌면 우문에 가깝다. 어리석은 자만일 뿐이다. 또한 세대를 연대하고 아우르듯 "연緣을 관통해 가는 축의 근원은 사랑"(「북향의 유예」)이라는 끈이기 때문이다.

위의 시는 다른 시편에 비해 매우 짧은 시편이나 속이 매우 깊다. 깊음의 아름다움은 소리 없이 말을 걸어온다. 말이 침묵에 의해 깊어지듯이 소리는 보이지 않음을 통해 아늑함과 아득함을 함께 내준다. 바람과 물과 햇볕은 하얀 풀밭 안에 묻히고 잠시 머물렀다가 물과 햇볕으로 돌아간다. 바람과 물과 햇볕이 머무는 풀밭이 여름철 눅눅한 민박집보다 보잘것없다면 얼마나 덧없을지, 햇볕이 풀밭에 머무는 사이 "새애기는 아기를 가졌고/ 어머니는 영영 눈을 감으셨다." 풀밭 숲은 명치와 배꼽 그 중간의 사이다. 사면이 동그란 적도赤道의 중용처럼 지극히 당연한 이치임에도 그 풀밭을 사람들은 앉은뱅이 꽃이라고 이름 지운다. 아무도 거들떠보지 않는 일상의 무게, 특별한 것은 없는데 특별한 부름으로 다가오는 것이 있는 것처럼 때때로 마주하는 '한계'가 그렇다. 시인은 그 한계를 날마다 경험한다. 존재의 의식을 끊임없이 방해하는 기대와 좌절, 그리고 대치와 대체라는 파동 앞에 서 있다. 이쯤에서 사과를 깎는 잉여의 시간을 가져 보자.

사과를 깎습니다
붉은 껍질은 꽃이 흔들리며 망설였던 거리입니다
피울까 말까, 시간의 굴레가 영글었습니다
씨앗의 일가들이 칼날을 지나 흩어집니다
푸른 그림자 속으로 뿔뿔이 흩어집니다

사과를 깎습니다
우리의 둘레를 깎습니다
향기는 공감각적 두께로 앉은 벌레 소리입니다
잎사귀 사이로 내린 별빛이 고스란히 부서집니다
대롱거리던 표정과 비바람에 사정없이 흔들린 시간이 잘립니다
사각사각 일가들은 잘도 헤어집니다

사과를 깎습니다

귀에 익은 발자국 하나가 멀어집니다
칼날이 스쳐 간 자국, 그 아래로
멍의 둘레를 따라 나는 고요히 걸어 내려가 봅니다

아주 사소한 이파리 하나가 붉어 가는 사과의 볼 위로 나
볏이
스쳐 내린 길입니다

—「사과를 깎는 시간」 전문

시인은 사물을 새롭게 태어나게 한다. 익숙한 시간을 낯선 시간 안에 배정한다. 이렇듯 시인의 시는 사물이 속삭여 주는 이야기를 섞고 버무려 진수의 성찬을 차려 놓는다. 어느 단계적인 묘사나 장황한 서술보다 비유와 은유의 기법인 의인, 활유, 감정이입 등을 적절히 접목, 전체적인 비유로 집합된 시편마다 그래서 그 생소하나 간결한 울림이 심오한 경지를 바라고 있는 것이 아닌가 싶다. 고사에 '미치지 않으면 이르지 못한다'(불광불급不狂不及)는 말이 있다. 훌륭한 작품은 부단한 노력과 무풍의 서정 안에서 이루어진 것들이다. 어쩌면 스스로를 잊어버리는 환각과 같은 깊숙한 몰입에서 예술은 탄생한다. 시라는 본질은 사과 하나를

깎기까지도 "칼날이 스쳐 간" 상처를 꿰매야 하고 흔적은 셈해야 한다. 겉보기에는 대수롭지 않은 것 같아도 "사과의 볼 위로", 몸가짐이 반듯한 "굴레"로 어엿한 예술의 일생은 세상에 새로운 작품으로 생산되어 대중 앞에 영혼의 맛으로 품평되기 때문이다.

이렇듯 심상숙 시인의 시편에서 "아주 사소한 이파리 하나가" 해를 가리고 별을 보게 되는 기이한 경험에 이르듯이, "검은 얼룩 큰 돌 사이 푸르게 자라는 이끼들"(「돌담」)이라고 역설한다. "맑은 소주잔에 나사렛의 젊은이 월계관에 고인다"(「돌담」)는, 시어처럼 번뜩이는 안목으로 베들레헴을 발견한다. "붉은 껍질은 꽃이 흔들리며 망설였던 거리입니다/ 피울까 말까, 시간의 굴레가 영글었습니다." 또한 이러한 느낌은 시인의 배후에 선연히 존재하는 질긴 연緣에서 비롯되는 것이다. "뿌리는 끝내 줄기를 놓아주지 않는다"(「동짓달 만수」)는 문장처럼, "어떤 낱장은 별스레 곱다"(「단면이 전송되고 있다」)는 서정이야말로 시인만이 간직한 다정한 정서일 것이다. 다음은 보통 때와는 달리 뭐가 그리 달라 보이는지를 짚어 가는 참 고운 시편을 보자.

햇살이 가지마다 고리를 걸쳐 온다

옷고름 매듯 잡아당겨야 얻는 자리가 나무에 있다
그 매듭 하나 맺으려
꽃눈은 매양 고리를 받아 내는 것이다

앞섶 여며 향기 하나 품으면 꽃받침도 단정해진다

고리를 건다는 건
한 끗 당길 것이 있다는 것
햇살을 걸어 매어야 꽃눈은 꽃봉 매듭으로 묶여 나온다

눈바람이 앞산 자락 훌칠 때
고요하게 돋아 오르는 매화 꽃차례

가늘고 긴 끈을 던지고 던져
폭설이 매듭을 풀어 가는 나무의 고결

하늘가 호박단추 낮달에 마고자 고리를 걸면
움츠린 등도 절로 세워진다

어떤 매듭이든 실마리 하나 풀어 내면 전말이 보이는 법,

어긋나서 뒤틀린 맨 처음의 매듭부터
술술 피어나는 것

봄도 매듭들의 분분한 조약이다

—「매화나무에는 고리가 있다」 전문

문득 시를 쓰는 이유를 생각할 때가 있다. 시작詩作의 의미를 시종일관 매달려 있을 수 없기 때문이다. 마찬가지로 시작이라는 것이 시대의 흐름이 반드시 발전이나 진보를 의미하는 것은 아니다. 과거를 잊지 않고 기억하고 미래를 도모하는 일이며 무엇보다 '살아남아야 강한 자'라는 말처럼 '오늘 우리가 함께 살아 있으므로 행복한 것'이다. 그러나 그 어떤 창조의 '한순간'의 의미는 질문에 대한 형식으로 되돌아오지 않는다. 그래서 시작의 준비는 이유와 의미에 따른 출발선에서의 언제라도 사면의 깊은 사유의 문을 열어 놓는 것이 중요하다. "햇살이 가지마다 고리를 걸쳐"오는 것처럼 "어떤 매듭이든 실마리 하나 풀어 내면 전말이

보이는 법"이다. "봉숭아꽃물 찧는데 돋을볕으로 끼어드는 미친년,/ 열 손가락 무명실 칭칭 감아 꽃봉 올려준다"(「괴강 2—꽃바위」)는 그곳은 너무 아린 꽃바위이었다.

우리는 개인적으로 몸과 마음의 존재인 동시에 자연스레 확장하는 사건의 연속에 따라 사회와 시대에 더불어 구성원으로 "저 혼자가 아닌 몇 알이 함께 두근거리는"(「동무」) 동무가 된다. 다만 불행하게도 과거가 아닌 현대인이라는 이름으로 살아가고 있다는 점이다. "어긋나서 뒤틀린 맨 처음의 매듭부터/ 술술 피어나는 것// 봄도 매듭들의 분분한 조약이다." 현대인으로 시의 감각도 계속해서 친숙한 발상으로 발전과 진화를 분주히 거들고 있는 이유이기도 하다.

"눈바람이 앞 산자락 홀칠 때/ 고요하게 돋아 오르는 매화 꽃가지" 꽃의 정령은 풀리지 않도록 단단히 동여매어 둔 이성을 자극하는 "어긋나서 뒤틀린" 질문에 어떤 의미를 가질까? 침묵으로 일관된 인간과 신에 대한 구속사적 연결고리를 연상해 보자. 자연은 스스로의 존재를 계절이라는 체향으로 묶기도 하고 풀기도 한다. 시인은 '매화나무에는 고리가 있다'는, 본디부터 가지고 있는 사물 자체의 성질을 불러내 "낮달에 마고자 고리를 걸"어 놓음으로 자연적 법칙의 시발점이 되는 현대적 관념을 차용한다. 따라서 시인의 자연에 대한 순응은 경이로움보다 한 차원 더 세밀한 관찰과 묘사를 통해 재해석되고 있다는 점이다. 이쯤에서 발상의 전환을 바꿀 참으로 정다운 시 한 편에 주목한다. 주문이라면 이야기 풍으로 소리 내어 읽어 보자. 비 오는 날 마시는 달달한 믹스커피 맛이 난다.

이제 우리 차례, 너희 셋은 백조야
호수를 책보처럼 두르고 있으면 돼
마을의 깃발은 소낙구름 떼,
모두 숲이 되는 거야

경아야, 삐꾹 모자를 조금 더 돌려 쓰렴
왈츠곡이 나올 거야 꼿꼿하게 서야 해
머리에 쓴 긴 부리 대롱을 조심,
발레 치마에 걸려 넘어지면 다쳐

큰 대문 태희야,
팔을 번쩍 문을 활짝 열어젖혀야 한단다
너의 비유는 열려라 참깨

꿈맞이 동작이야
목젖 다 보이도록 대문 소리를 내렴

비, 찬규야 너는 물레방아에 튀는 물보라
시원하게 웃어야 한다
그러다 물방울로 속살거리렴
그래 잘하고 있는 거야
이제 나래를 접어야지 어서!

동규 대장간아,
황토 가마에 큰불이 있다는 거 알지?
도끼가 달구어질 때 망치를 내리치렴
그러면 숲이 걸어 나올 거야
그때 몸을 뒤로 힘껏 젖혀야 해

너희 다섯은 나뭇잎이야,
몰래 도시락 열어 볼 때 새소리 기억하지
그때 흠칫 흔들려야 하니까

쉿! 아기 코끼리 상우야, 너는 주인공이야
마룻장에 조심조심 발 옮겨야 해

긴 코는 너의 왼팔이지
사과를 쥘 때는 번쩍 들어올리렴
거기까지만 하면 박수 소리가 들릴 거야

그래, 우리는 숲속 대장간의 아이들이니까
백조, 뻐꾸기, 대문, 비, 나뭇잎, 코끼리
다 준비된 거 맞지!
이제 커튼 막이 열릴 거야
5.4.3.2.1!

이 낡은 강당 무대는 달의 기원보다 오래되었지
금빛 액자 속 삐거덕거리는 사진 한 장

—「동화」 전문

심상숙 시인의 시편에서 색다른 또 하나의 '무엇'을 발견한다. 그야말로 동화同和의 동화童話이다. 시인의 온유한 심성은 금싸락으로 반짝이는 벼 이삭처럼 아름다운 풍경마다 눈시울 젖도록 '눈이 부시다' 참으로 아름답다. 그 아름다움은 천 년의 향기이다. 이처럼 내면에서 나오는 풍경의 소리는 인류가 가지는 역할이나 비중은 거의 절대적인 것으로 원초적 형상에 속한다. 그러나 그 모든 것은 근원적 가치를 노래하는 쪽으로 수렴되고 발전되어 왔다고 볼 수 있다. "네모난 통창 달린 고지서 봉투, /나무 기둥에 안개 지붕 얹고 /레이스 커튼을 드리우면/ 굽이굽이 걸어오는 아빠"(「작은 유리창을 눈에 대고」)를 기다리는 아이처럼 어느 날 구름이 지나가는 오후 우두커니 혼자 앉아 있듯이 어디로 튈지 모르는 풍성한 개성인지도 모른다. "이 낡은 강당 무대는 달의 기원보다 오래되었지/ 금빛 액자 속 삐거덕거리는 사진 한 장"은 사랑이고 기억이고 어머니의 가슴이다.

우리는 길을 찾다가 길을 내다 버릴 때가 있다. 마음의 길을 헤아릴 수가 없기 때문이다. 밤하늘 별 안에 검은 우주가 그러하듯이 마음 어디라도 사면이 막막하다. 어디로 가고 무엇을 위하여 바둥대는지 도무지 알지 못한다. 실제로 마음을 측정할 산술법이란 존재하지 않는다. 마음은 그 자체가 부피도 무게도 없다. 흘러가는, 머물다 가는, 바람 같은, 느끼고 바라는 마음은 마음밖에 없다. '머물고 이동하는' 계절이라고 하자. 심상숙 시인은 그렇게 여러 갈래 계절로 존재한 시편을 사육하는 정원을 소유한 시인이다. 적어도 필자가 아는 범주에서의 시인은 우주로의 길 트기의 시인이다. "둥글둥글 굴렁쇠야 굴러 굴러 어디로 가니"(「동그랗게, 날들이 지나고」). 그러한 곱디고운 여흥 뒤안에는 슬프디 슬픈 가락도 있다.

동백꽃 둘레 달무리보다 둥글다

달밤의 일성호가 한 곡조 강강술래 후미를 파고든다

동백꽃이 지는 것은 당신 때문이다

달 떠온다 달 떠온다 동해동천 달 떠온다
저야 달이 뉘 달인가, 방오방네 달이로세
방오방은 어데 가고 날 오는 줄 모르는가
강강술래 강강술래* 강강술래 강강술래

동백이 진다 동백이 진다 동백이 진다
풀자 풀자 덕석을 풀자
풀자 풀자 덕석을 풀자

받을 소리 바닥을 껴안는다

벽파정 앞 명랑에서
동백나무꽃이 지네
꿈쟁이 마을 강강술래 터
떡 절래 할매들
태초의 돌팔매질 같은
망금산 감감 수레 중머리 연淵 군대 휘장 같은
동백꽃 송이송이 굽이굽이 휘돌아 에워싼다

임진壬辰의 적선들 줄행랑치거라

동백 선혈 대첩이다
울돌목의 간결한 대첩이다

* 진도 강강술래 가사

—「동백 강강술래」 부분

요즘 일본과 강제징용과 독도라는 이슈가 수영만 붉은 영혼을 퍼 올리고 있다. 심상숙 시인은 앞서 언급했듯이 다양한 사유를 가진 시인임에 틀림없다. 해박한 지식과 역사관은 어떤 의미로 해석되어야 할지 그냥 글 채로, 시적 단면으로, 하지만 과거 일제 즈음 이른바 '저항시'라는 명제로 간접 항거했던 '침묵의 항변'을 잊지 말아야 한다. 아주 먼, 오래전 "임진壬辰의 적선들 줄행랑치거라// 동백 선혈 대첩이다/ 울돌목의 간결한 대첩이다" 시인은 이렇듯 역사의 페이지를 열고 비어 있는 또 다른 행간을 발취해 가고 있는 중이다. 동서고금을 통틀어 패권주의는 오늘에 이르기까지 보기 좋은 쪽으로 진화되지 않았다. 과학적 산업이 고도화될수록 균등과 분배는 오히려 불평등이 고착되어 가는 현실에서 시인의 역사적인 내면의식은 「만수 의병일기」라는 작품으로 자연스럽게 드러내는데 무섭도록 예리한 직관을 가진 시인이다. "빛을 향해 더 가까이 와라/ 운명의 그물, 역사의 거미줄이여"(「라쇼몽, 그날의 외계인 만수 2」)도 이와 유사하다.

독일의 미학자 아도르노에 의하면 세계의 변혁과 모순을 해결하려는 리얼리즘은 구체적인 현실을 포함하지만 부정성의 개념에 얽매여서 사고의 경직을 초래하는 반면에 틀에 박힌 듯한 모너리즘은 불충분한 현실의 파편들이 형상화되어 단절과 부조화를 드러내지만 그것이 인식의 중요한 계기가 된다고 했다. 또한 프랑스의 문학비평가 바슐나르는 상상이 이미지를 변형하는 능력이라 하였는데, 이러한 상상력은 지각에 의해서 제공된 이미지를 변형하는 능력으로서 최초의 이미지로부터 독자를 해방시키고 자유케 하는 특별한 능력에 해당된다고 보았다. 비추어 볼 때 시인의 역사관은 사물과 대상에 대한(그것이 어떤 것이든지) 깊은 사유와 역동적 상상력의 결합일 것이다. "명성황후 살해 을미사변 십 년 후/ 을사늑약, 강화도조약으로 일본군 총칼에 외교권을 빼앗긴/ 동짓달 열여드레 추운 새벽"(「1907, 정미왜란 그날」)도 무관하지 않다고 역설한다. "동백꽃 둘레 달무리보다 둥글다." 라고 설파한다. 격한 감정을 추스르고 맛깔나는 시편을 보자.

나는 누가 두고 간 우산일까요
우산이 우산을 두고 갈 일은 없지만
사람이 사람을 두고 간 일은 많아서

꼭 쥐고 질퍽한 건널목 건너 돌담을 거닐며
당신은 가슴 가장 가까운 곳에 나를 두었어요

나도 흠씬 적셔지고 싶은 날이 있지요
하지만 놓고 다녀야 홀가분할 때가 있어

당신은 물진 내가 귀찮겠죠
햇살 든 거리에서 놓친 건가요, 놓아준 건가요

나는 누군가 두고 간 우산일까요
늦은 밤 어느 카페, 셔터 내려지고 나서도
배터리 잔량으로 수없이 발신했던 마음
그 캄캄한 방치

다시, 비가 내리네요
가방이며 신문지며 뒤집어쓰고 뛰어가는 사람들,
어디쯤서 당신은 우산을 구걸하고 있을까요
나도 맡겨졌다가 꺼내 쓰는 감정일까요
더 넓어진 수신 거리로 새롭게 출시된다면
우산 장수가 뭘 먹고 살겠어요?

잠시, 잃어버려도 좋아요
다만 이번 생은 당신과 연동되었으니
마지막 지점에서 기다릴게요
살이 부러졌어도 뒤집혔어도 상관하지 않아요

* 우산과의 거리가 9m 이상이면 스마트폰 경고음 울림. 손

잡이 속 배터리로 한 해는 거뜬, 뒤집힌 우산도 버튼만 누르
면 제자리로, 오늘과 한 주간 날씨를 알려 주는 앱 장치됨

—「절대 잃어버리지 않는 우산」 전문

시인은 「절대 잃어버리지 않는 우산」의 작품으로 김포문학상 본상을 수상한다. "우산과의 거리가 9m 이상이면 스마트폰 경고음 울림. 손잡이 속 배터리로 한 해는 거뜬, 뒤집힌 우산도 버튼만 누르면 제자리로, 오늘과 한 주간 날씨를 알려 주는 앱 장치됨"이라고 주注를 달았다. 심사를 맡은 나태주 시인은 비교적 짧지만 명료하게 심사평을 적었다. "「절대 잃어버리지 않는 우산」은 작가의 시적인 꼴이 잘 잡힌 글로 호소력이 좋았다."라고 평했다. 실제로 시라는 문체는 "붉게 피었다 져 내린 꽃자리/ 빈집"(「강가에 정자가 있었다」)일 때만큼이나 일상적인 언어로 쓰일 때 가장 소박하고 아름답다고 한다.

심상숙 시인의 시편에서 우산은 어떤 의미를 갖는가? 침묵 속에서 침묵을 지키는 9미터의 틈, "우산이 우산을 두고 갈 일은 없지만/ 사람이 사람을 두고 간 일은 많"다는 것은 비가시적이다. 그러나 비가시적인 것은 침묵의 무게를 견디

고서야 우리 앞에 도래한다. "늦은 밤 어느 카페, 셔터 내려지고 나서도/ 배터리 잔량으로 수없이 발신했던 마음/ 그 캄캄한 방치"(「괴강槐江2」) 앞에 "갯장어 숯불구이"가 놓인 사물에는 여러 침묵이 한순간 튀어 오를 스프링의 탄력을 가누고 있기 때문이다. "잠시, 잃어버려도 좋아요/ 다만 이번 생은 당신과 연동되었으니/ 마지막 지점에서 기다릴게요." 이처럼 침묵은 타자의 그 모양 자체로 시인의 겸허한 성정과 같이 다가온다. 누구라고 말할 수 없는 것들이 우리를 만지는 겹침의 공간을 만든다. 시인은 "이번 생은" 수완 좋은 "당신과의 연동"으로 살아 낼 것이다. 그리고 절대 잃어버리지 않는 침묵의 손등 위에 놓인 마지막 수신 지점에서 세월의 무늬를 덧입히고 알 수 없는 먼 곳에 있을 공간을 통과해야 한다는 현실을 담담한 솜씨로 대변한다. "살이 부러졌어도 뒤집혔어도 상관하지 않아요." 앞에서 소개한 '동화'만큼이나 아름답게 사실적 정서가 묘사된 시편을 보자.

아이들이 연을 쫓아 달립니다
도랑을 건너뛰고 집들을 지나고 길을 빠져 나갑니다
연은 들판으로 구불구불 내려앉거나 나뭇가지나 지붕 위로 떨어집니다
아이는 동구 밖 창공으로 달려 나갑니다

손가락으로 휘저어 보다가 일어서는 아이,

굴렁쇠를 굴려 나갑니다
꽃이 피고 지고 아이가 청년이 되고 백발이 되도록
지구가 비뚤거리며 굴러갑니다
어느 꿈이 한 바퀴 돌다 멈췄는지
걸쇠가 굴렁쇠를 걸어 올립니다
꽃잎 한 장 펴지는 기울기입니다
쩔그렁 굴렁쇠 소리 밟으면
회오리가 번지고 풀밭이 사라집니다
소년이 자욱하게 갇힙니다

—「동그랗게, 날들이 가고」 부분

시인은 시의 서문을 이렇게 연다. "아이들이 연을 쫓아 달립니다." 그림처럼 그 정황이 눈에 아른거린다. 어디쯤에서는 쥐불 올린 동그란 "걸쇠가 굴렁쇠를 걸어 올린", "굴렁쇠가 굴러"간다. "풀풀, 풀을 가르고 풀풀 먼지 날리"며 하늘로 굴려 간다. 비록 "벗어 놓은 신발 코에 새가 발자국 하나 새기는 동안"(「그림자를 빚는 동안」)일지라도. 동그란 날이 가고 나면 "새로 태어나는 물고기 나뭇잎에 착색되는 지느러미 먼지바람,/ 기상예보가 당분간/ 봄"(「색을 붖다」)을 기억해 낼 것이다. 둥긂은 선이 없어도 솜사탕처럼 달고 선명한 고전주의적 이성을 지니고 있다. "일곱 살 소년이 새로 그린 동그라미 속에서 일어섭니다/ 풀밭을 가르며 길을 푸르게 뚫어갑니다/ 새로 사온 어항처럼 소년을 들여다봅니다/ 동그란 손뼉이 유영합니다."

이처럼 모든 시에는 시인의 중심이 반듯한, 빈틈없이 틀을 짠 시적 자아는 결국 독자 안에서 그 힘을 발휘한다. 참된 언어의 조탁彫琢이란 무의식적이고 선험적인 경험에서 보이지 않는 본질을 응시해야 하듯이 자연이라는 광대한 어떤 하나도 변하지 않는 세계는 우리의 삶 속에서 존재의 뒤틀림과 낯설게 하기로 시인의 시적 자아에서 '소리로 표시되는' 시니피에signifie로 전환, '귀로 들을 수 있는' 시니피앙signifiant으로 발화한다. 심상숙 시인은 이렇듯 선문답을 하듯, 이야기를 하듯, 때로는 근엄하게 단호하게 예측을 허물어 간다. 여전히 우주에 가득한 시인의 숲에서 환원되지 않은 말들이 딱 그만큼 독자들의 마음 한 켠에 각인되어 자리 잡게 될 것이다.

그리고 시인의 두 번째 시집 『겨울밤 미스터리』의 시적 언어들이 침묵의 숲에서 세심하고 민감한 감수성을 입고 세상을 향한 "등을" 켠 것에 진심으로 경의를 표한다. 무엇보도 시인의 진솔한 품격만큼 과거와 현재가 익어 가는 그리움의 여정을 잠시나마 함께 동행한 것도 행운이었다. 이제 "새애기는 아기를 가"진 파릇한 풀밭에서 한발 물러선다. "귀에 익은 발자국 하나가 멀어"질지라도 혹여 잠시 쉼을 가질지언정 시인은 특정한 순간을 통해 새로 태어나게 될 또 다른 빈칸에서 독자를 만나는 시적 여정을 계속할 것으로 믿는다. 다시 한번 시집 『겨울밤 미스터리』의 상재를 축하하며 지금 여기에서뿐만 아니라 내일도 또 내일도 "광명한 붉은등을 켜야 할 것이어서" 時代의 詩人이기를 축원한다. 말미에 시편 「미스터리, 당신」의 한 줄을 인용한다. 시인 심상숙 "당신은 고서古書 한 질입니다".